T0013870

En La Habana nunca hace frío

CONTEMPORÁNEOS| **B**erenice

ZOÉ VALDÉS

En La Habana nunca hace frío

Primera edición: octubre de 2023

Berenice • Contemporáneos

Director editorial: Javier Ortega
Maquetación de Alejandro de Santiago
www.editorialberenice.com

Editorial Almuzara
Parque Logístico de Córdoba. Ctra. Palma del Río, km 4
C/8, Nave L2, nº 3. 14005, Córdoba

ISBN: 978-84-11317-26-9
Depósito Legal: CO-1516-2023

Impreso en España/*Printed in Spain*

A Félix Antonio Rojas Guevara.

A la generación de «la Jipada» o
«la Jipangá»: jipies y frikis habaneros.
A los jóvenes que por oír rock and roll en
Cuba murieron en campos de concentración
o en la guerra de Angola.

A María y Mercedes,
espiritistas de Casablanca.

No se establece una dictadura para salvaguardar
una revolución; se hace la revolución para
establecer una dictadura.
1984. George Orwell

Las palabras me han salvado
siempre de la tristeza.
Truman Capote

… Y en esa mejilla, y sobre esa frente,
Son tan suaves, tan tranquilas,
y a la vez elocuentes,
Las sonrisas que vencen,
los tintes que brillan…
Lord Byron

Índice

Yo, a esa hora, me estaba tomando mi cerveza justo frente a Loose Cannons, la banda del Cagneys. De pronto Ernesto-Freddy Martini pasó corriendo con su móvil en la mano hacia la puerta diciéndome: «¡¡¡Se murió Fidel!!! ¡¡¡Se murió!!! ¡¡¡Fidel pa la polla!!!» (redactado en jerga castellana no hay dudas suena menos duro que en criollo, como espetó Freddy). No supe si porque le creí o porque me preocupé respecto a que le hubiera pasado otra cosa a Freddy dejé mi jarra sobre la mesa y le seguí fuera del bar. Ex Tony Farg, que estaba junto a Minervo Lázaro Chil Siret vio de lejos a Freddy corriendo, a mí tras él y se sumó. Yo alcancé al heraldo y le pregunté: «¿¿¿Qué "cojines" (aguo el término para los oídos más exquisitos que me lean) pasa???». «¡¡¡Que se jodió la bestia, men, se murió el hijoputa de Fidel!!!», no sabía aún si era una broma suya o si aquella noticia podía ser finalmente verdad. «¡¡¿Dónde coño oíste eso?!!».

Freddy estiró el brazo con el celular en la mano y casi me lo impactó en la nariz diciéndome: «¡¡¡¡¡Que lo acaba de publicar la BBC, cojones!!!!!» (lo dijo Freddy, no yo). Llegó Félix a donde nosotros y lo pusimos al día, o a la noche, de la buena nueva.

El dictador, el tirano que durante todas nuestras ya largas y duras vidas había sometido a nuestro país y al que habíamos enfrentado desde nuestra adolescencia, el hombre que no quería que nuestro amigo, nuestro padre, nuestro hermano y líder Oswaldo Payá le sobreviviera, había muerto, era un cadáver, y los gusanos ya comenzaban a devorarle cada una de sus fétidas entrañas. Nos abrazamos, gritamos, recordamos todas nuestras vidas, pensamos en nuestros amigos vivos, en los que ya no están junto a nosotros físicamente. Pensamos en Oswaldo, lloramos por Oswaldo y Harold, por todos los que el dictador asesinó, ¡queríamos tanto poder abrazarles ahora, en este momento!

Félix le hizo señas a Johnny Mederos, el cantante de los Cannons. Hacía el gesto de la barba tocándose el mentón y aquel del dedo cruzando el cuello en referencia a la muerte. «¡¡¡Se partió el Fifo, se partió la Bestia!!!», le repetía una y otra vez mientras Johnny aún cantaba y tocaba la guitarra mirándole con los ojos asombrados. Le contamos a Minervo lo que estaba sucediendo y nos abrazamos con nuestros amigos cubanos y venezolanos.

«Ladies and gentlemen, they have just given me very good news, Fidel Castro the Cuban dictator has just died...», dijo Johnny cuando terminó de interpretar el número, la canción que sonaba mientras nos enterábamos que finalmente el criminal que aterrorizó a nuestro pueblo por más de medio siglo había ido a reunirse con sus pares Vladimir, Adolf, Benito, Iosif, Mao, Polt, Ernesto, Kim Il, Jomeini, Saddam, Osama y Hugo... Uno de los temas favoritos para nosotros desde nuestra adolescencia, que tantos palos y calabozos cogimos de parte de los miserables secuaces del tirano por escuchar *Stranglehold*, por Ted Nugent.

Nos abrazamos con nuestros amigos cubanos, venezolanos y norteamericanos antes de despedirnos. Teníamos una cita con gente que ha sufrido mucho, que ha luchado mucho contra esa opresión y que ha esperado por mucho tiempo la noticia: el tirano violento y cruel que azotó Cuba ha muerto. Nos fuimos al Versalles con Tony Díaz, Jesús Mustafá, Miguel y Guido Sigler Amaya, Raúl León y muchos, muchos amigos más, junto a conocidos y desconocidos, esa noche de las miradas brillantes.

REGIS IGLESIAS RAMÍREZ.
Escritor. Expreso político. Desterrado a España,
vive en el exilio en Miami. Miembro y vocero del Movimiento
Cristiano Liberación. 25, noviembre 2016.

PRIMERA PARTE
LAS MIRADAS BRILLANTES

Yeah
Sometimes you wanna get higher
And sometimes you gotta start low
Some people think they gonna die someday
I got news, ya never got to go…

Stranglehold. Ted Nugent.

CAPÍTULO I

No hay nada más real que lo imaginado. Imaginado, imaginado, imaginado, I-MA-GI-NA-DO… Repetido hasta la saciedad, o mejor, hasta la infinitud, parece la resonancia del bajo de Jaco Pastorius, con aquellas estridencias locas, enervantes… Tú sabes muy bien que esta primera frase no existiría sin ti. Tú lo sabes, mi amor, que esta historia será más tuya que mía, aunque la deba de contar yo, tal como me lo has pedido, y aunque yo la haya vivido antes que tú.

Tú conoces, en consecuencia, que ya yo había renunciado a tocar ese fragmento de nuestras vidas, esa parte inhóspita de mi rebelde adolescencia y de mi primera juventud, de toda una generación acallada.

Demasiado pesar, demasiada amargura. Burujón de años perdidos, y el mismo y reiterativo esfuerzo por intentar olvidar, por borrar las evocaciones de un tajo.

Cuando casi lo había logrado, llegaste tú, y susurraste con esa intensidad de la que te impregna la yerba: «Escríbela, coño, chica». Como si fuera poco, insistes, con la sinceridad tan inocente que todavía te define, que es tu sello distintivo: «Escríbela. Solo tú podrías contar aquel espanto».

Hace un año, mientras cenábamos en Don Camarón, en Miami, hablábamos de esa posibilidad remota, de que yo escribiera un guion para una película sobre aquellos años oscuros de lo que se llamó en La Habana «la Jipada» o «la Jipangá», por lo de jipi, que venía por supuesto de hippie.

«Muy pocos saben que fuiste una jipi cuando hubo que serlo», dijiste. Es cierto, pero… «à quoi bon s'en souvenir?». ¿Para qué acordarse ahora tras más de seis décadas de silencio agónico? ¿Y quién se arriesgaría a filmar una película con semejante tema?

Hoy, ya muy tarde, de madrugada después de un café (*when else?*), he salido a deambular por Saint-Germain-des-Près. Es la forma que encontré hace años para inspirarme, probablemente mejor que encerrada en casa, de manera más calmada, sin esos internos resortes airados en solitario; es como único las fuerzas ocultas y los hados camuflados en «gnomos verdes de jardines franceses» (risas acordándome de la cara que pondrías) impregnan mis ansias y remueven mis viejos y opacados recuerdos, como si los lustraran.

Y entonces yo, que hace tiempo decidí despojarme de esos sentimentalismos de antaño, con sus sombríos y maltrechos resquicios, he vuelto a desear, a escribir sobre aquel país, y sobre aquella condenada época; sí, sobre la noche de las miradas brillantes.

Me entraron esas ganas «con pinga» —que diría Dioni, el baterista— de contar sobre ti y sobre mí, cuando todavía no nos conocíamos, aunque ya cada uno iba por su lado haciendo estragos, mejor dicho, soportándolos, tan solos… E intentábamos sobrevivir… Tan solos tú y yo en aquel país.

No tenía ni idea de cómo empezar a contar la historia, y tú aconsejaste, en tono cauteloso, a mí me sonó incluso demasiado respetuoso: «Empiézala con Mijito Frankenstein», aquel personajón de "la Jipada", una especie de "ángel terrible", mitad filósofo, mitad brujo... «Descríbelo en su fulgurante fealdad, con su abominable belleza», añadiste.

«Todo ángel es terrible», escribió Rainer Maria Rilke. Y eso era Mijito Frankenstein, «un ángel terrible». Tal como tú mismo lo percibiste hace varios meses, o décadas, un demonio angelical tumbado desde aquellas nubes espumosas que cubrían la tenebrosa noche habanera, que otrora fuera la noche de Guillermo Cabrera Infante, la luminosa de los cabareses y los bares repletos de cubanos y turistas llegados de todas partes divirtiéndose hasta el frenesí.

Pero he aquí que debo detenerme, voy, marcho ¿hacia dónde...? Paso la mano, las yemas de los dedos por las piedras antiguas del muro que cercan y levantan el muelle del Port del Arsenal. Acaricio la madera del muelle, mi anclaje en esta larga lejanía; y desde allá arriba, desde esa «altura inextricable», como derribado, desmayado o escupido desde el cielo o desde del otro muro que rodea a mi barrio, que circunda a esta ciudad cundida de muros (me persiguen los muros), ha caído, como que se ha derramado, una sombra alada, enfundada en una capa negra. Mis dedos sangran raspados por la aspereza de la piedra.

Lleva chistera, igual que uno de los personajes de *Bouvard y Pécuchet*, la novela de Gustave Flaubert, que empieza precisamente en un banco del Boulevard Bourdon, a pocos metros de donde ahora me encuentro. Abre la capa a todo lo ancho de esta recurrente oscuridad, despliega sus alas perfumadas al vetiver, tan parecidas a las alas del personaje de

Wim Wenders, en aquella película de los ochenta: *Las alas del deseo*[1].

El plumaje es frágil, endeble. Por su perfil el personaje pareciera compungido, marcado por un rictus, agitado con un tic de deseoso. No consigo distinguir enteramente su rostro. El ángel, o lo que sea, lo disimula, lo esconde temeroso entre las enormes manos. ¿De dónde ha salido?

Intuyo que ha podido desprenderse de una abultada nube —estrellas no hay, casi nunca las ha habido—, o ha sido desgajado más bien de mi presentimiento, percibo que me invitará a oír, más bien a «escuchar» una de sus melodías preferidas. Una de aquellas estridentes melodías secretas...

Abrumada entrecierro los párpados, pestañeo y respiro apenas como si los efluvios de un ácido invadieran el ambiente, me tumbo en el quicio de la acera, cansada, demolida. Muevo mi cuerpo hacia atrás en cámara lenta, presiento que me amodorrará el sopor. Aquel letargo agobiante proveniente de la otra ciudad: la ciudad de mis desvelos, de mis pérfidos orígenes.

Y allí está él —indiscreto reaparecido—, arrimado a la fuente de los Leones.

Ahí, sí, trémulo, junto al Convento de San Francisco de Paula. Igual que ayer o que ahora, envuelto en una capa negra, vestido todo de color azabache. Algo asombroso, cuando todos se vestían de verde olivo —color que con los años se ha convertido en verde «olvido»—.

Abrigado en esos tejidos tenebrosos y sin embargo va descalzo. Sus pies son bonitos, su piel es pálida. Lo único bonito son sus pies, el resto es deprimente. Es en lo primero

---

1 *Der Himmel über Berlin*, conocida también como *Las alas del deseo* o, en España, *El cielo sobre Berlín*, es una película alemana de 1987 dirigida por Wim Wenders. N. del E.

que reparo, en sus pies, sí, lo único lindo que lo distingue. Mi mirada recorre el cuerpo desde los pies hasta la cabeza —en sentido contrario, como todo lo que yo hacía en aquella época, invariablemente en sentido contrario—; y por fin llego al rostro.

Estudio detalle a detalle la cabeza y sus desiguales y monstruosas protuberancias, clavo mis pupilas en los ojos extraviados, muy separados de la nariz abombada encima del jorobado tabique. La boca grande, los labios cuarteados y los dientes imperfectos (aunque blanquísimos), las orejas puntiagudas, el pelo largo y revuelto. Una melena que cubre sus hombros y sus espaldas, una melena fuera de la norma, cabellera insumisa. Una melena perseguida, hostigada por la ley. Una melena acusada y acusadora. La frente abombada y ancha, ¿ya lo dije? Una frente de hombre inteligente, sabio, aunque algo ansioso. Una sonrisa despejada, y diría hasta atrevida, como de medio lado.

Había acabado de cumplir los trece años, corría el mes de mayo, y todavía no había leído a Rilke, pero me pareció que aquello que tenía enfrente era lo más parecido a un ángel, un voluminoso ángel siniestro y «terrible». Tal como mi abuela describía a los ángeles, y tal como los interpretaba de la lectura de la Biblia. La Biblia, que para entonces ya la había leído, catolicismo oblige, muy a escondidas, régimen tiránico oblige. La Biblia, tan prohibida como esa vapuleada melena, tan perseguida como su pelo negro y espeso. Un libro oculto y negado, como mismo negaban a los ángeles por toda aquella infernal ciudad, en aquel deleznable suelo de aquella maldita isla.

Corría el año 1972, año en el que se consolidaron por fin las relaciones entre Cuba y el «hermano pueblo soviético». Año pesado y gris.

Paralizada ante semejante visión, la del ángel, no me atreví a corresponder con una sonrisa a aquella otra tan generosa que iluminaba sus imperfectos y aterradores rasgos.

Extendió la mano. No era una mano, era definitivamente una garra.

—Me dicen Mijito Frankenstein... Frankenstein como el monstruo cariñoso de la vieja película. Encantado —articuló con una voz de ultratumba, subrayó lo de cariñoso.

Su voz me agradó, porque en aquella época ya yo leía toda la buena literatura gótica censurada. Lecturas a escondidas, como todo lo bueno, que en aquella isla siempre debimos consumir a escondidas.

Estiré mi brazo y mi mano nerviosa fue atrapada por la suya, gigante, tibia, firme.

—A mí me dicen Lilith, como la primera mujer de Adán.

Soltó una estruendosa carcajada:

—O como la mujer del Diablo, Lilitú, demoníaca hija de Sumeria —añadió mientras extraía un aparato de una especie de grueso morral.

—Mi nombre verdadero es Eva, como la segunda mujer de Adán.

—Ah, como *La Eva futura*[2], de Villiers de l'Isle Adam...

Asentí sin poder averiguar todavía que Frankenstein estaba haciendo referencia a uno de los libros que con posterioridad influenciarían en mi existencia de mujer libre.

El grosero artefacto era una especie de radio ruso, un Selena. Más tarde supe que jamás lo abandonaba, que aquel Selena era su más valioso tesoro, su más amada pertenencia.

---

2 *La Eva futura* (*L'Ève future*) es una novela de ciencia ficción simbolista escrita por el francés Auguste Villiers de l'Isle-Adam. Publicada originalmente en 1886, es célebre por popularizar el término «androide». N. del E.

—¿Quieres «escuchar» música de la de verdad? —inquirió siempre sonriente y subrayando el verbo «escuchar», con un timbre de voz dulcificado y casi reverenciado.

—No oigo ninguna música —respondí con un deje despreciativo, de rebeldía.

—¿Por...? —Aunque ya él sospechaba mi respuesta.

—No me gusta la música de aquí. Odio la música de esta gente, la que nos han impuesto...

Hizo un gesto rotundo, me calló con un signo de su mano abierta.

—Me refería a «escuchar música», auténtica música, esa que merece la pena «escuchar» tras largos períodos de obediente silencio, no a los himnos —reiteró, más bien paladeó, la palabra «escuchar».

Sus dedos largos y nudosos empezaron a maniobrar en los botones del aparato, el Selena. Esas articulaciones de los dedos deformes tentaron experimentados, hicieron contactos insólitos con efluvios, emanaciones, sonidos inauditos provenientes de un más allá también vedado. Nos acomodamos, arrebujados uno al otro, pegados al deteriorado mármol de la Fuente de los Leones.

Por fin Mijito Frankenstein consiguió dar con lo que sus dedos indagaban. Entonces anunció parsimonioso:

—Ahora mira hacia el cielo y «escucha» esto...

Dócil, dirigí mis pupilas al cielo. Y «escuché» atenta, virginal, aunque todavía un ápice renuente, poco a poco mucho más que asombrada, conmovida: entre atónita y aturdida, aturullada.

Mi percepción auditiva titiló con cada una de las estrellas que cundían aquella vasta inmensidad ignorada por mí hasta aquel instante. Comprendí entonces el sentido de la palabra «divinidad».

—Sí, soy muy feo, meto miedo, y no soy el único, tengo una hermana todavía más fea que yo, ¿qué culpa tengo...? —susurró—. Pero feo y todo, sé lo que es la buena música, y amo a Dios...

CAPÍTULO II

Nada de Aquella Basura me gustaba. Ni la ropa que debíamos vestir porque no podíamos comprar otra, ni los zapatos que debíamos calzar, por la misma razón; ni los peinados y mucho menos los obligados cortes de pelo, ni el maquillaje apenas existente. Teníamos que inventar con lo que había, el betún de zapato que hacía las veces de maybelline para las pestañas —hasta el betún negro había empezado a escasear—, el pastoso y desabrido crayón labial, descolorido, heredado de nuestras madres, desdibujaba las patéticas bocas sedientas y hambrientas; ni el antiguo vanité de las abuelas, con aquel residuo de polvo resecado por el tiempo, tampoco las motas tan usadas que se desmoronaban entre los dedos, mejoraban nuestros opacos semblantes.

Despreciaba el paisaje, el mar me agobiaba, ah, esa maldita y empalagosa estipulación insular: mar, mar por todos lados, mar y más mar como única ventana al mundo, como absoluto y totalitario horizonte.

Desdeñaba el sonido ambiental —más que sonido, ruidos y gruñidos—, rechazaba los acentos atonales de las insípidas y sosas conversaciones, hastiada de las continuas y repetidas exclamaciones falsas, cual alaridos siniestros; pero lo que me agredía sobremanera era aquel idioma, aquel mejunje insoportable entre lo indio, lo castizo y lo africano, que no era ni indio, ni castizo, ni africano. Y el olor, el olor totalitario. Una agresiva peste agria que empañaba el olfato.

La rebeldía inicial fue contra el idioma. Nos impusieron el ruso como precaria opción contra el inglés y el francés, y hasta por radio debíamos tomar clases que en nada remitían a Pushkin, pero sí a los discursos de líderes soviéticos, debido a lo cual me di a la tarea de inventar otro lenguaje, con la intención de entenderme exclusivamente con mi primo, para colmo renuente a aprenderlo. No quedé satisfecha hasta que logré que ambos intercambiáramos ideas y complicidades en lo que yo llamé el «zodrón» (mi idioma personal), una mezcla de chitú chitá con la utilización peculiar y exclusiva de consonantes, sin ninguna vocal y exento de verbos y adverbios.

¡Y ese olor recurrente, ese espeluznante olor a yerba podrida por cada esquina, en cada rincón! Ese olor a «tostenemos», como decía mi abuela, por «todos tenemos».

No me seducían tampoco los muchachos de la escuela ni de mi entorno, demasiado correctos y atinados o por el contrario desaforados y pretenciosos, y mucho menos me atraían las muchachas —odiaba a las atildadas jovencitas— y mucho menos que menos me entendía con los maestros; aborrecía sus jergas elementales, menospreciaba aquellos combativos lemas e himnos tan lejanos de lo que yo suponía que debía ser el verdadero conocimiento. Contaba con pocas amigas, tan o más raras que yo, dos en total, y con un enamorado bobo, aunque no tan bobo, pero guaposo y de estreñido comportamiento.

A una de mis amigas me confié aquel soso mediodía.

Se llamaba Bada, llevaba el pelo recortado semejante a un varón, había cortado de tal modo su cabello en solidaridad con uno de sus medios hermanos por parte de padre al que habían conducido a rastras al Servicio Militar Obligatorio (SeMeO). Era un pelado a «la llovizníta», negro, lacio y muy finito. Larguirucha y pálida, párpados caídos, cejas y labios también oscurecidos por los trazos de un lápiz labial demasiado intenso, que solo podía usar fuera de la escuela.

Bada se encontraba en el baño del bar-fonda La Lluvia de Oro —acostumbrábamos a darnos cita a la salida de la Secundaria en el servicio de aquel destartalado tugurio—, la sorprendí recogiéndose la saya del uniforme con un cinturón ancho que le había robado a otro medio hermano. Se sacó por fuera la blusa del uniforme y con dos ganchitos recogió a un lado la mecha rebelde que le caía sobre los ojos. Mientras la imitaba intenté contarle mi historia.

—Ayer conocí a un tipo —musité mientras miraba hacia ambos lados.

Bada abrió los ojos tan grandes como pudo:

—¡Un tipo, nada más y nada menos, por fin «un tipo»! Antes de que sigas, también yo he conocido a alguien. Tendrás que hacerme la media, acompañarme... —musitó fingiendo susto, o quizás yo la había asustado de verdad, lo que me complacía.

—Era un tipo así, como... como algo excéntrico —proseguí sin prestar atención a lo que me decía—. Parecía como una especie de ángel, ¡qué se yo! Un ángel o un demonio, de esos dulces, que puso una música de afuera, en un radio de esos, ¡portátil!... ¡En inglés!

—Raro, rarezas, es lo que necesitamos, lo que tú y yo buscamos, ¿no? —respondió con los ojos más desmesurados que antes—. ¿En inglés? ¿Música en inglés? ¡Portátil! ¡Ja! ¡Tú y yo siempre en la misma onda, nadie nos gana en nada! ¡Telepatía! ¡Ya verás adónde iremos esta noche, ya lo verás, vas a ver adónde te llevaré! ¡No vas a creerlo! ¡Tiene que ver con el tipo que conocí! —susurrar con exclamaciones sordas era su estilo preferido de conversación, aunque en aquella isla la mayoría se expresaba de forma semejante, por temor a ser oídos.

Todo lo de Bada era así, inesperado y en superlativo. Usábamos un lenguaje raro para nuestros padres, y para todos. Era el único modo de escapar a la impregnada saturación de vulgaridad.

Nos acodamos a una de las mesas del restaurante, la costra pegostosa del hule del mantel me dio una arcada; hicimos el pedido a la lentísima camarera. Devoramos unos tallarines blancos, sin salsa de tomate, solo hervidos en agua con sal; pagamos el uno veinte de su precio, todavía en pesos. Tras bebernos a toda prisa un vaso de agua bomba —las tuberías se calentaban con el sol— salimos a la tumultuosa y soleada calle Obispo.

—Lo primero, óyeme bien, cuando llegues a tu casa busca en el escaparate de tu mamá, escoge de su ropero lo más extravagante que encuentres. Esta noche nos cambiaremos de ropa en cualquier escalera oscura, o en donde sea... ¡Esta noche, ah, ya verás lo que viviremos esta noche!

¿Por qué tenía que hacerle caso a Bada, por qué tenía que verme obligada a seguirla? ¿Por qué no oía ella mi vivencia, la que yo necesitaba contarle, y por el contrario debía yo plegarme a su historia?

No encuentro otra explicación que la siguiente: Bada era siempre la incuestionable líder, la jefa, y yo su subordinada; lo habíamos asumido así. Como también la obedecía Pilzy, nuestra otra cómplice, que no había asistido a la escuela aquel día pues se encontraba afiebrada.

—Pilzy se lo perderá, allá ella —comentó Bada.

—Está enferma, con tronco e'catarro, del malo de ese que se coge aquí en esta isla agripada... —dije con el propósito de justificar a nuestra amiga.

Bada encogió los hombros con un acentuado gesto despreocupado.

La acompañé hasta su casa, justo frente al parque Fe del Valle. Nos despedimos no sin antes citarnos para las ocho de la noche, bajo los lúgubres apuntalamientos del solar de la calle Empedrado, en cuyo patio se despedazaba la eternamente seca fuente central con la escultura del dios Neptuno más hermoso que La Habana tuvo jamás; allí nos cambiaríamos de atuendos, cobijadas por su sombría y ancha escalera a punto del derrumbe. «No demores», perseveró Bada.

—Esta noche suéltate el pelo, ya encontraremos algo con qué adornarlo. Es un desastre ese pelo tuyo... —Señaló Bada en lo que estudiaba y desgreñaba con su delgada mano mi cabello.

Mientras volvía por el mismo trayecto recorrido con anterioridad tantas veces, y me dirigía hacia la casa de mis padres, mi casa, recordé, o intenté recordar, la melodía que me había descubierto Mijito Frankenstein, el divertido ángel terrible y temible. Entonces me invadió la misma sensación de la víspera: como si volara, como si mi cuerpo dejara de ser mi pesado y torpe cuerpo y se desprendiera ligero, como si cada partícula de mí se independizara y levitara, y, ubicua, surcara los edificios y planeara por encima de la ciudad, y desde cada una de mis moléculas pudiera contemplar las acciones camufladas, adivinar los secretos de sus atronadores habitantes.

Desde lo alto atisbé a un niño de ojos soñadores y boca pulposa, despeinado, ensimismado en un punto del pavimento; de repente alzó la mirada —como si también él, al igual que yo, recién acabara de compartir un singular enigma con un ángel—. Sentado con las piernas recogidas en un manchado banco de mármol de uno de esos parques solitarios de la ciudad, tarareaba una melodía inusual. Un niño ajeno, tan distinto de los otros niños.

No había querido «escucharla» de nuevo hasta hoy, amor mío. Hasta que tú me la mencionaste, con todo tu candor de exiliado que rememora melodías; y leí tus palabras, también no sin cierta inocencia.

No sabes lo que me costó entonces aprender de memoria aquella canción, ¿cómo «escucharla» una y otra vez y, en dónde?

No puedes imaginar la cantidad de interpretaciones que le di a aquellas subyugantes voces, a la letra cantada en inglés, ¡el idioma del enemigo! ¡El idioma del imperialismo, como decían «esos»...! ¡La enormidad de lecturas que procuré a aquel idioma y a aquella música, los que me envolvieron y cautivaron desde los primeros acordes, aunque ni siquiera entendiera su significado, ni el misterio de su hechizo! Sin embargo, presentía que su contenido poseía todo el vigor de mi deseo, abarcaba el afán incomprendido de una adolescente dispuesta a la audacia y a la aventura, porque liberaba lo mejor, lo más precioso de mi curiosidad transgresora.

I saw her sitting in the rain,
raindrops falling on her.
She didn't seem to care.
She sat there and smiled at me.

Then I knew
(I knew, I knew, I knew, I knew)
she could make me happy
(happy, happy... She could make me very happy)
Flowers in her hair,
Flowers everywhere.
(everywhere)...

Empezó a llover, mi amor; aquel mediodía cayó un aguacero de esos que barren con todo, limpian y renuevan. Llegué empapada a casa, también yo conseguí reinventar y tararear alguna estrofa de la canción, retener la melodía como pude, amparada por el trasfondo de la lluvia.

Nunca olvidaré la mirada tan ilusionada del niño, que sospecho eras tú, querido mío, cuando nos «escuchamos» él y yo a coro. Sus ojos tan parecidos a los tuyos, cuando nos besamos por primera vez en el ascensor del edificio de Ena, en los Roads, en Miami.

I love the flower girl,
Oh, I don't know just why.
She simply caught my eye.
I love the flower girl,
She seemed so sweet and kind.
She crept in to my mind.
(to my mind, to my mind)...

Lo había decidido. Esa noche adornaría mi pelo con algunas flores frescas arrancadas del parque Aguiar.

Pensé que a Bada le agradaría mi nuevo peinado.

CAPÍTULO III

Bada caminaba delante de mí, medio derrengada de un lado, encorvada, maletuda y dando salticos, las plataformas le quedaban chiquitas, le apretaban en el empeine; se las habían prestado. Todo lo que llevábamos puesto era prestado o hurtado a nuestras madres.

—Un día me iré por un camino lejano, como esos caminos reales de los cuadros antiguos, me perderé para siempre… —farfullé mientras suspiraba.

—¿Qué coño estás contando ahora? —preguntó Bada—. Anda, pasemos de todos modos a buscar a Pilzy. La llamé al teléfono de la vecina, me dijo que se siente mejor, necesitamos que nos acompañe. Mudé de parecer, no nos cambiaremos en el zaguán del solar del dios Neptuno. Lo haremos allá, ocultas en un matorral, cuando lleguemos…

—Bada, tengo miedo —protesté por lo bajo.

—De los cobardes no se ha escrito nada… Mira, mejor quítate las flores de la cabeza que estamos llamando la atención, después te las volverás a poner. Concho, vieja, aquí todo el mundo siempre tiene miedo, es como una manía eso del miedo…

Le hice caso, desencajé cada una de las florecillas y las guardé en el nailon donde había doblado el vestido de cuando mi madre noviaba con mi padre, que me pondría al llegar al Casino Deportivo.

Pilzy nos esperaba en los portales de Hotel Plaza. No paraba de bostezar:

—¿Qué te pasa, tienes anemia? —se mofó Bada.

—Estoy cansada, muy cansada. Y nada, no me sucede nada. Como siempre, más aburrida que un moco seco.

También a mí me mataba el aburrimiento, «nací aburrida», dije para mis adentros.

Me pareció, o tal vez lo fue, que el viaje se hacía muy largo, en una de esas guaguas atestadas de gente tan igual de abatida como Pilzy y yo. Por el contrario, a Bada la inundaba una euforia poco común, como si supiera que haríamos algo que nosotras ignorábamos sería genial. «Así será», bisbiseó. Bada sabía, Bada siempre sabía todo antes que Pilzy y yo...

Descendimos del bus, así, como pudimos, toqueteadas por los rescabuchadores cazadores de culos todavía sin estrenar. Caminamos unas cuantas cuadras y nos encontramos frente al tan poco iluminado Casino Deportivo.

—La fiesta es ahí —señaló Bada.

—¿Ahí, en ese lugar tan lúgubre? Pero si ahí lo que celebran son ceremonias obreras —subrayé desconcertada.

—También celebran ahora fiestas de quince, para hijos de pinchos... Antes de la revolución el lugar no era tan espantoso, era ahí donde festejaban los ricos... —cotejó Pilzy y otra vez se encogió de hombros.

—A lo que vamos es a eso, a una fiesta de quince... —subrayó Bada.

—¿Nos has traído a una fiesta de quince? Pensé que no te gustaban —repliqué incrédula.

—No será una fiesta de quince como otra cualquiera. Ya lo verán. Escondámonos detrás de esos arbustos, pongámonos la ropa que hemos traído debajo de la normal. Allá dentro, cuando les haga una señal, se quitarán la ropa y nos mostraremos con los nuevos vestidos.

—Bada, ¿estás segura? Mira que lo que traje no gustará en ese ambiente... ¿Y las flores?

—Las flores engánchatelas en el pelo ¡desde ya! Verás que sí, ¡verás que gustaremos cantidad, tú, niña! Formaremos parte de la escenografía, y quizás hasta de la coreografía.

Pilzy y yo nos miramos burlonas, aunque no tan extrañadas de las raras iniciativas de Bada.

Detrás de unos arbustos nos introdujimos en las indumentarias. El de mi madre me quedaba un poco ancho, era de un tul azul celeste y me daba por la media pierna. Sin darme tiempo a impedirlo, Bada me ripió el vestido dejándomelo como en una especie de tutú de bailarina clásica y el tul sobrante me lo enrolló en los tobillos. Su vestido era una especie de tubo guarapeteado con paramecios, que la hacía mucho más flaca, y anudado al cuello le dejaba la espalda desnuda. Me calcé las botas checas de mi primo:

—Ah, cien puntos para ti. Ese vestido con esas botas son superrompedores, ¡lo máximo! —aprobó Bada.

Pilzy deslizó un faldón largo y casi transparente, que se le caía a la cadera, y una camiseta verde olivo de sietepesos, del SeMeO, perteneciente a su hermano mayor, que también estaba pasando el Servicio Militar Obligatorio, y que ella misma había bordado con lentejuelas rosadas.

—Ahora, cubrámonos con la ropa normal, solo nos la quitaremos allá, como dije, a una señal mía —Bada gozaba cada fase del plan.

Nos dirigimos a la entrada. Un hombre bastante repulsivo, con el rostro cundido de barros y huecos, regordete y barrigón, nos preguntó que a dónde creíamos que íbamos, que si estábamos invitadas. Bada extendió las invitaciones, unos cartones mal impresos.

El gordinflón se apartó a un lado y nos dejó pasar de mala gana, moviendo la cabeza como si sentirse disgustado fuese lo corriente en él.

Subimos por unas escaleras curveadas y ante nosotros apareció un inmenso salón redondo, pintado de rosado, un rosado pálido. En las mesas, también redondas, aguardaban las familias y amigos de la quinceañera. Localizamos una mesa desocupada, ahí nos instalamos. Pilzy no paraba de bostezar, los ojos le lagrimeaban del sueño.

—Es que me zumbé medio pomo de benadrilina antes de salir… —cuchicheó como excusándose.

De algún sitio emanó una melodía, una especie de música de esa que la gente llamaba «música seria» o «música culta». Entonces una mujer se situó frente a un micrófono para contarnos la historia de la quinceañera desde que nació hasta ese día, en el que festejábamos sus quince años. Al concluir, sonó otra música local, hicieron su aparición quince muchachas, vestidas de traje largo, marcaron pasos típicos de la tontina danza de quinceañeras. Del lado opuesto también aparecieron quince jóvenes, trajeados, marcaron acoplados el ritmo, cada uno buscó su pareja.

No sé cuántos bailes debimos aguantar, el caso era que yo también, al igual que Pilzy, me estaba adormilando, cuando de momento apareció la festejada, envuelta en un traje largo de color rosado —cómo si no—, allí todo era de ese color, también el enorme pastel o *cake* enmerengado que engalanaba una parte importante de la escena.

Mientras tanto los camareros repartían cerveza y ron, sin preguntarnos las edades. Bebimos y bebimos sin parar, como cosacos.

La quinceañera dio no sé cuántas volteretas en los brazos de su padre, y este la entregó por fin a los brazos de su novio o compañero de baile.

Los párpados se me cerraban como con imanes, del cansancio, mezcla del alcohol con el aburrimiento.

Iba ya a dormirme acodada en la mesa justo en el momento en que advertí que por una puerta lateral del salón entró aquel misterioso ser medio deforme, enfundado en negro, arropado por la flamante capa que flotaba a su paso: era el Mijito Frankenstein de la otra noche.

Acomodado discretamente a una de las mesas que quedaban ocultas por la penumbra, desde allí estudió de hito en hito el resto de las mesas. La tierna mirada en medio del rostro abultado en cráteres se cruzó con la mía. Esquivé la suya, aunque me dio tiempo a observar que su rostro había esbozado una sardónica sonrisa.

De repente, el compañero de baile de la quinceañera la soltó de un inesperado giro, ella fingió que caía al suelo. Una ola de exclamaciones inundó el salón. La música grabada cesó. El padre de la festejada, un poco turbado, empezó a buscar ayuda entre los suyos, aunque debió frenar rápidamente sus impulsos ante una mirada endurecida de la hija, acompañada de un gesto imperativo.

Entonces, la muchacha ripió el vestido. Debajo llevaba una minifalda tubo de falso cuero, como de polietileno negro, con una blusa sin espaldas de color verde pálido, descalzó sus pies de los incómodos tacones blancos marca nacional Primor. Las exclamaciones no cesaban, más bien aumentaron con cada uno de sus gestos.

Desde otra entrada oval emergieron cinco jóvenes, cargaban unos pesados instrumentos musicales. El tiempo de acomodar la batería y de enchufar las guitarras eléctricas, una especie de vals resonó en el recinto. La pareja retomó la danza.

Los jóvenes músicos comenzaron a zafarse los ganchos con los que habían recogido sus largas cabelleras —como en una ceremonia de iniciación o en un *striptease*—, menearon las cabezas, las melenas vibrantes cubrieron sus hombros; al instante se apoderaron de las guitarras, del teclado, de la batería. De súbito, otro estilo de melodía inundó el salón.

I saw her sitting in the rain
Raindrops falling on her
She didn't seem to care
She sat there and smiled at me...

Volteé la mirada hacia Mijito Frankenstein, allí seguía todavía, más sonriente y monstruoso que nunca. Pude percibir que guiñaba su ojo sano en mi dirección. El ojo maltrecho le lagrimeaba, quizás debido a los reflectores o a la emoción.

No tuve que esperar el aviso de Bada, yo misma por mi cuenta empecé a despojarme de la ropa normal que llevaba encima de las otras vestiduras. Bada, un tanto asombrada, y Pilzy, imitadora siempre, me siguieron, también se desembarazaron de sus torturantes ropajes. El resto de los jóvenes invitados hicieron lo mismo. La quinceañera y su pareja se pusieron a bailar al son de la novedosa y por supuesto ilegal resonancia, descontrolados, ambiciosos a juzgar por sus gestos. Melodía más deseada todavía debido a su condición de proscrita.

Acudimos detrás de Bada al centro de la pista de baile y nos sumamos a los numerosos jóvenes que secundaban con los movimientos psicodélicos y ondulatorios de sus cuerpos el fabuloso torrente musical, al ritmo de una historia que hablaba de una chica que llevaba flores en el pelo.

… And I knew
She had made me happy
Flowers in her hair
Flowers everywhere

I love the flower girl
Oh, I don't know just why, she simply caught my eye
I love the flower girl
She seemed so sweet and kind, she crept into my mind

To my mind…

La lluvia, el parque y otras cosas era el título de la canción, lo supe mucho tiempo después. Mientras danzaba y me contorneaba podía apreciar la intranquilidad de los asistentes de una cierta edad.

El padre de la quinceañera no sabía dónde meterse. Pasó un rato hasta el instante en el que aparecieron unos hombres vestidos con camisas a cuadros y pantalones de tela de caqui, se dirigieron a él con los ceños fruncidos. Hablaron bajito, mascullaron entre ellos, aunque movían los brazos como insultados. Algo iba mal.

Nosotros proseguíamos imbuidos por la música. Busqué de nuevo con la mirada al Ángel Negro. Allí continuaba imperturbable, aunque su semblante había cambiado por una mueca entre airada y melancólica.

Suddenly, the sun broke through
I turned around, she was gone
All I had left
Was one little flower in my hand

But I knew
She had made me happy
Flowers in her hair
Flowers everywhere

Bastante ida, en los celajes, yo solo ansiaba, en aquel momento de ripierismo, ser esa muchacha con flores en el pelo, que te hacía feliz, a ti, a quien fueras, donde estuvieras, mi amado hombre imaginario, mi absoluto desconocido.

Los músicos insistieron y continuaron tocando sin importarles demasiado el movimiento y la energía de soberbia antipatía que se iba desplegando a nuestro alrededor. Algunos padres, atemorizados, empezaron a palmear al compás de la música, como para apoyarnos y apoyar a los artistas. Quizás alguna experiencia propia podía obligarlos a prever lo que se avecinaba.

I love the flower girl
Was she reality or just a dream to me?
I love the flower girl
Her love showed me the way to find a sunny day

Sunny day

I love the flower girl
Was she reality or just a dream to me?
I love the flower girl

Me acerqué a Bada con el propósito de que aclarara mi duda:

—¿The Cowsills, no?

Ella asintió dándome la razón. El grupo de melenudos interpretaba el *hit parade* de The Cowsills.

—¿Y quiénes son los que tocan, Bada?

Se me acercó y secreteó en mi oído:

—Los Almas Trepidantes. ¿Te gustan? ¡A que son divinos! —Sus pupilas refulgían.

Iba a responder que sí, que me fascinaban, cuando me sentí tironeada por el brazo y, al mismo tiempo, de un jalón de pelo alguien me sacó de mi espacio de baile. Bada desapareció también de mi ángulo visual. Pilzy gateaba, buscaba refugiarse debajo de una de las mesas. A nuestro alrededor el ambiente, antes enrarecido, se había ensombrecido de improviso. Mijito Frankenstein, volatilizado del lugar donde lo había percibido poco antes, se deslizaba ya en forma de sombra por encima de los techos.

Una turba de policías surgió de la nada, o del mismísimo infierno, y se dieron a la tarea de empujarnos, vapulearnos, golpearnos.

Al inicio no sabíamos que se trataba de la policía, salieron de puertas simuladas detrás de cortinajes, vestidos de civiles. El padre de la quinceañera intentaba explicarse ante la autoridad, pero los guardias no quisieron oírlo; después de agredirlo verbal y físicamente, lo sacaron del salón a patadas. La quinceañera llorosa corrió a refugiarse en los brazos de la madre, quien tampoco entendía de la misa la mitad.

Conseguí deshacerme de la garra que asía mi brazo, no sé cómo pude, quizás me asistió mi agilidad de aprendiz de trapecista del Circo Nacional, el de Coqui García, o si la mordí por puro instinto de salvación.

Escapé escaleras abajo, buscaba a Bada; Pilzy había desaparecido también. Hui despavorida.

La noche, un gran parque. Llovía, pero ya no llevaba flores en el pelo.

De momento, apareció mi madre que, nunca he sabido cómo, siempre aparecía para salvarme en las peores situaciones o trifulcas. Sin una palabra, solo con gestos, me incitó a que corriera junto a ella. En el trance resbaló, cayó y se rasponó las rodillas con el poroso pavimento. Al punto se levantó, volvimos a correr, a precipitarnos en dirección a la primera parada de guagua que encontráramos.

—Espera, mami —la retuve, dije sin aliento casi—, no puedo abandonar a mis amigas.

—¡Mira, hazme el favor y sígueme, que si sé que esas amigas tuyas te iban a traer a este desparpajo, te habría trancado bajo candado! —habló con la respiración entrecortada—. ¡Ellas resolverán por su cuenta!

Volvimos a echar a correr. Divisamos una guagua a lo lejos que avanzaba en nuestra dirección. Mamá le hizo señas para que se detuviera, y el guagüero paró el vehículo de un frenazo.

Subimos, pagamos, y nos sentamos temerosas al final de la guagua.

—¿Cómo supiste que yo estaba ahí? —pregunté mientras sollozaba.

—Una madre debe saberlo todo de sus hijos —fue su breve, tenue y concluyente respuesta.

CAPÍTULO IV

Al día siguiente en la escuela no se rumoraba acerca de otra cosa como no fuera de los famosos quince donde un grupo de *rockeros* habían tomado por asalto la fiesta, y como era natural el chisme fue creciendo en tono y contenido, hasta que tomó dimensiones insospechables; y de buenas a primeras los *rockeros* ya no eran simples músicos, sino que se convirtieron por obra y gracia de los chismosos en probables agentes imperialistas que podían tumbar a la mismísima revolución e, inclusive, hacer desaparecer la isla entera y hundirla en el mar. Como si no hubiera estado ya lo suficientemente hundida en *el mal*.

Pilzy y yo nos enfocamos, azoradas y temerosas. Guardábamos silencio, fingiéndonos las modositas. Intuíamos que podía ser muy peligroso que nos identificaran como participantes o como meras invitadas a aquella celebración. Bada no había reaparecido. Bada no reapareció hasta tres días más tarde.

Desencajada, las ojeras devoraban su rostro, más maletuda que de costumbre y como si hubiera perdido unas cuantas libras de peso. Entró en el aula cuando ya el profesor de Física había empezado a introducir el tema del día y los alumnos nos hallábamos atentos, acomodados en nuestros puestos; el matutino había terminado con sus insoportables consignas políticas. Bada, con voz desganada, dio los buenos días al maestro, apenas sin mirarlo extendió un hago constar médico, mientras aclaraba:

—Estuve enferma, lo siento. Parece que soy cardíaca, o algo por el estilo… —musitó.

El profesor de Física leyó el documento y permitió que Bada recobrara su silla de zurda, al punto anotó en el cuaderno del planeamiento la justificación de sus ausencias.

Bada observaba al frente, sin mirarnos, fija en una diana dentro de su mente, aislada del resto.

Por fin sonó el timbre que anunciaba la hora del receso o recreo. Los alumnos se precipitaron al pasillo. Pilzy y yo nos dirigimos a Bada que de espaldas a los demás guardaba el cuaderno en una cartera vieja de despellejado cuero para disponerse a salir.

—¿Dónde estuviste? Pasé por tu casa en varias ocasiones y no había nadie —hablé primero.

Bada estudió mi rostro de reojo y dibujó una mueca que pretendía ser sonrisa, más bien esbozó un rictus, como adolorida.

—Hablaremos en el parque, cuando se acabe el último turno. A la salida nos encontraremos debajo del sauce llorón. No nos juntemos demasiado aquí, en el plantel.

—Pero, Bada… —iba a suplicar Pilzy.

—Por favor, háganme caso —murmuró nuestra desanimada amiga.

Durante el receso nos recostamos en una de las paredes, rodeadas de otras muchachas. Bada llegó a reunirse con el grupo, aunque diferente a otras veces se mantuvo callada, y en cuanto sonó nuevamente el timbre de entrada fue la primera en incorporarse al aula.

Era horario invernal, hacía una ligera brisa fría. Cuando terminó el último turno, afuera había oscurecido.

Bajamos las escaleras las tres, en fila, a cierta distancia, confundidas entre el tumulto.

En lugar de tomar el camino de vuelta a nuestros hogares cruzamos la calle y nos sentamos en un banco de mármol del parque que queda justo frente a la Secundaria y al Museo de los Capitanes Generales. Anochecía y el jardín se encontraba a oscuras, los faroles carecían de bombillos.

Bada no tardó en ponernos al corriente de lo ocurrido:

—Me detuvieron, pasé tres noches en una celda. Mis padres no se movieron de allí, de la entrada de la Primera Unidad de Policía, pero esos tipos no me soltaban, ¡tremendo encarne conmigo! Querían que confesara no sé qué... Yo no sabía nada, ¿qué iba a saber yo? Me preguntaron si me gustaba esa música, el *rock and roll.* Asentí. Uno de ellos me abofeteó, por gusto, porque le dio la gana. Al final, después de humillarme todo lo que quisieron, me soltaron con un documento de «manchada». Soy «menor antisocial». Saben, y ya con antecedentes penales. Mis padres están destrozados... Papá perderá la militancia, así se lo anunciaron.

—Bada, eres como bien has dicho menor de edad, no es justo... ¿Qué podemos hacer? —Pilzy lloriqueaba.

—Nada. No pueden hacer nada. A ellos no les importa si eres menor de edad o lo que sea... —hizo una pausa para evitar que la voz se le entrecortara por la emoción—... No pienso volver a la escuela. Regresé hoy porque todavía no he organizado bien mis planes; mami anda aterrada. Creo que buscaré la manera de fugarme de todo esto.

—¿Fugarte? —inquirí angustiada—. ¿A dónde?

—Viviré con los jipis… —suspiró Bada. Entonces pareció todavía más paliducha a la luz crepuscular.

—¿Qué jipis? —volví a interrogarla.

—Por ahí, como los jipis, los h-i-p-p-i-e-s: hippies, bajo los túneles, en casa de amigos, en los parques, no sé… Sí, con los jipis, coño…

—¿Jipis? ¿Qué es eso? —Pilzy se mordía nerviosa el labio inferior.

—¿No han oído hablar de la Jipangá? Un movimiento oculto, *underground*, iniciado por otro tipo de jóvenes. Tienen una manera increíble de ser libres dentro de esta isla carcelaria de mierda. Oyen la música que les gusta, el *rock*. ¡El *rock and roll*! ¡Como la gente allá afuera! —señaló hacia la bahía.

Pilzy y yo volvimos a mirarnos, ahora más extrañadas, aunque también más decididas.

—Bada, iremos contigo, a donde sea —solté sin pensarlo demasiado.

—Pero tendremos que mentir a nuestros padres, creerán que estamos en la escuela y no será así —musitó Bada.

—El problema surgirá cuando de la escuela avisen a los familiares; es lo que harán los profesores, alarmados ante las ausencias —señaló Pilzy.

—Vendremos, asistiremos al primer turno, al pase de lista, y en el segundo turno nos escapamos, como sea… —asumí la estrategia.

—Muy buena idea, excelente —sentenció Bada.

—Se darán cccccuenta. Los oooootros maestros advertirán nuestras fffffaltas —auguró Pilzy, gagueaba nerviosa.

—No seas pesada, chica, déjate de esa mala onda tan negativa… —insistió Bada.

Discutimos un rato más. Andábamos con demasiadas tareas atrasadas, debíamos ir a estudiar a la biblioteca de la calle Obispo, la más cercana, o a la de Prado, aunque solo fuera una hora, y luego a casa. A cenar o, mejor dicho, a tragar la bazofia que nos sirvieran en la mesa, lo que nuestras madres habían conseguido forrajear.

Bada sugirió la posibilidad de ir a estudiar a casa de uno de sus nuevos amigos. Un jipi de esos. Vivía en el Vedado, en una casona de las antiguas, junto a varios tipos más, iguales que él. Pilzy lo desaprobó, ella tenía que llegar a una hora precisa a su casa. Sentía desconfianza de que pudiera sucedernos algo malo.

—¿Algo más malo que esto...? Confía en Bada, Pilzy, no jodas —solté, y di el primer paso en dirección a la calle Obispo.

Subimos hacia Montserrate por toda la calle Obispo, mal iluminada y bastante sucia.

Nos pusimos a esperar la ruta 27 en la parada del parquecito de Albear, en donde se encuentra la estatua de Francisco de Albear, el ingeniero que proyectó el acueducto de la ciudad. Me gustaba mucho esa estatua, quizá porque estaba habituada a verla ahí desde niña.

Por fin llegó la guagua, atestada de gente, para variar... El viaje demoró poco, o al menos a mí se me hizo corto.

Unas cuantas paradas más allá de la de la heladería Coppelia, Bada anunció discreta que debíamos bajarnos en la próxima.

Nos liberamos del apretujamiento y, cuando el bus volvió a ponerse en marcha, dejándonos dentro de una nube de ceniciento humo, atravesamos la avenida de 23 hacia una de esas calles del Vedado profundo, embrujadas por gruesos y centenarios árboles.

Bada se detuvo frente a la vetusta y desmejorada mansión, atravesamos la verja que protegía el jardín y un caminito hacia la entrada principal. La mano de la muchacha accionó el grueso aldabón de bronce en forma de cabeza de león. Esperamos un poco, hasta que unos ligeros pasos comenzaron a acercarse a la entrada, del otro lado de la pesada puerta de repujada caoba.

La hoja del portón cedió unos centímetros, la persona nos estudiaba con un solo ojo desde el interior a través del resquicio.

—Soy Bada —musitó ella.

Los goznes crujieron, la puerta cedió de par en par.

Apareció un hombre de unos veintitantos años. El pelo alborotado le caía en cascada encima de sus hombros y por el pecho desnudo; lucía barba y unos espejuelos montados al aire. Sonrió, tenía una hermosa sonrisa de dientes blanquísimos, labios carnosos.

—Bada, vaya, chica, qué grata sorpresa. ¿Son tus amigas? —se inclinó para besarnos en las mejillas.

—Sí, ella es Pilzy, y ella es...

—Flower, mi nombre es... Bueno, mi nombre no importa, me dicen Flower... También me dicen Lilitú, como la mujer del diablo.

—¿Te dicen Flower? ¡Y Lilitú, como la mujer del diablo! —Pilzy no entendía nada.

—Se lo diremos a partir de ahora, Pilzy, la llamaremos Flower, o Lilitú, o lo que sea... —respondió Bada, que había comprendido que yo no deseaba dar mi verdadero nombre.

El hombre posó sus labios en mis mejillas en un beso muy suave y estrechó también mi mano, mirándome a los ojos más tiempo que a las demás. Iba vestido solamente con un pitusa o jean, de un azul muy intenso. Oh, pensé, cómo me hubiera gustado tener un pitusa de esos, tan sublimes (palabra que no paraba de repetir, y que luego sustituí por mortales)… El pitusa le caía en la cadera, y pudimos apreciar su ombligo cubierto de una sedosa pelambrera que le nacía desde el sexo.

Descalzo, sus pies de calcañales rosados se adherían al piso de mármol, veteado de un gris plateado. Le seguimos.

Advertí que en la entrada había una montaña de zapatos.

—Pueden dejar los zapatos aquí o quedarse calzadas, como prefieran —avisó Carlitos Tellier. Ese era su nombre, aunque pidió que le llamáramos Charlie.

Bada se descalzó, Pilzy y yo la imitamos. Me sentía incómoda con el uniforme de la Secundaria. Atravesamos un largo pasillo a oscuras y desembocamos en un salón iluminado tenuemente.

Cojines regados por el suelo, una escalera ancha y curva hacia las habitaciones del piso superior.

Encima de los cojines varias chicas de nuestra edad o tal vez un poco mayores, uniformadas también, o con atuendos raros, leían, fumaban yerba, garabateaban versos en feos cuadernos de papel de bagazo de caña.

Charlie Tellier le pasó un prajo de esos a Bada, ella le dio una profunda calada, aguantó la respiración y se lo pasó a Pilzy. Ella la imitó. Luego me tocó a mí. Absorbí hondo por la boca y retuve la chupada en el pecho, sin respirar. Al rato sentí una extraña sequedad en la garganta, la lengua pastosa y la cabeza que me daba vueltas. Giros agradables se apoderaron de mis sentidos.

El hombre cerró los ventanales a cal y canto y una débil oscuridad invadió el recinto. La nube de humo se hizo más visible y densa. Fue hacia un tocadiscos, extrajo un disco de un estante, colocó el disco y volteó la aguja. La melodía desató en mí instintos gozosos.

—¿Quiénes tocan? —Inquirí mientras me revolcaba como en ralentí en una colchoneta en medio de la habitación.

—The Rolling Stones... La canción se llama *Hide Your Love*... —suspiró Charlie.

—¿Y qué dice? —preguntó Pilzy del otro extremo del salón.

—Lo primero es aprender inglés, eso es fundamental. Yo mismo me encargaré de eso, de darles clases de inglés... La canción dice: «A veces cuando estoy de pie, a veces, a veces me vuelvo a caer. ¿Cómo escondes, cómo escondes tu amor...?»

—El inglés está prohibido, es el idioma del enemigo —aclaré—... De eso nos alertan en la escuela.

—Flower, olvídate de lo que te alertan en la escuela, mi vida. Solo vuela, ahora vuela, niña linda, Lilitú de mi alma... —susurró Charlie Tellier en mi oído.

Cerré los ojos, bailé, bailé, bailé... Di vueltas en torno a una nube fileteada en nácar que flotaba en mi interior, y que con la misma me salía por los ojos y se instalaba encima de mi cabeza igual que un halo virginal y regresaba y se posaba en mis labios, cual dulce mordisqueo; sentí que en mi interior brillaba algo desconocido con la potencia fulminante de un astro.

Intuí que dentro de mí un misterio incomparable resplandecía, semejante a un deseo inédito, o a un sentimiento muy profundo jamás experimentado.

CAPÍTULO V

Llevábamos más de tres meses en aquel sitio, un poco al garete, viviendo de una manera muy distinta a la impuesta por aquella perversa y manipuladora sociedad de obtusos.

La apartada casona se hallaba rodeada de un muro alto de piedras y una enredadera muy tupida que había construido y sembrado Charlie Tellier con sus propias manos, con la intención de sentirse protegido del absurdo mundo exterior.

Sin embargo, de vez en cuando la cabeza de cabello ondeado y abundante de un niño asomaba allá en lo alto, entre la enramada. Sonreía, mientras nos observaba repetir como en un mantra poemas en inglés, versos de Lord Byron, entonces demasiado extraños, densos y largos para mí, bailar con aquella música que debíamos oír casi en sordina...

¿Eras tú, mi amor, eras tú ese niño curioso y divertido?

Me encontraba absorta contemplando la cabecita de rizos revueltos, cuando Charlie Tellier se acercó a donde yo me hallaba, hundida en un inmenso butacón de cuero raído y brilloso por varias partes de tanto uso, las piernas recogidas; minutos antes trataba de comprender una frase entera en inglés de uno de esos poemas que debía, bajo órdenes de nuestro anfitrión, copiar una y mil veces. Para reposarme había alzado la vista hacia el borde del muro.

—Se te dificulta aprender inglés, baby, Flower Lilitú de mi vida... —comentó el hombre, ahora lucía una barba más crecida.

Asentí desolada.

—No me entra, lo siento, Charlie, aunque te juro que me gusta, ¡si es que me gusta cantidad! ¡No sé qué me pasa que no consigo fluidez...! Oye, ¿por qué no te afeitas esa barba? Te pareces a los que mandan aquí —dibujé una especie de mohín o puchero que a él le hizo gracia.

—¡Cojontra, no me digas eso! No me la quito para aparentar y que la policía no me detenga todo el rato... No te me pongas triste, que aquí no admito gente en baja; mira, te daré una alternativa con lo del idioma: ¿te interesaría meterle al francés? Siempre es bueno empezar por lo que a uno le agrada más. Igual el francés es lo tuyo. Aprenderlo quizás te permita entrarle al inglés a través de otro idioma.

—Lo mío es leer, lo que más me gusta en la vida es leer. —Sonreí tímida.

—¡Ah, bueno, mi vida, haberlo dicho antes! —Levantó los brazos, iba como siempre descamisado. Me gustaban sus axilas velludas, y también aquella hilera de pelo sedoso que descendía desde su ombligo hacia la parte que ocultaba la portañuela del vaquero.

Acudió a la biblioteca, extrajo cuidadoso un volumen de la fila oculta en la parte de atrás, tapada por la delantera con los discursos del matraquillero en jefe editados por la editorial oficialista gubernamental.

Volvió como si portara un tesoro. Y en verdad lo era. Aunque yo me enteraría más tarde, mientras avanzaba en la lectura.

—¡Una edición extranjera! ¡De afuera, me encanta todo lo de afuera! ¡Qué lujo! —exclamé emocionada al notar la portada elegante, tan distinta de las horrendas cubiertas que se imprimían en la única editorial de aquella isleta.

—Es una foto de un artista cubano exiliado. Eso sí, solo puedes leerlo aquí, no te autorizo a llevarte el libro. Lo siento, pero el autor es también un escritor cubano prohibido. Vivió en España, recién se ha mudado a Londres —advirtió.

—¡Qué título tan cómico, parece un trabalenguas! —señalé entusiasmada.

—Lo es, mi vida, lo es. Con esta novela Guillermo Cabrera Infante fue distinguido con el Premio Biblioteca Breve, en 1964. Tenía otro título entonces... —encendió un cigarrillo—. En 1968 se la reeditaron con el de ahora, *Tres tristes tigres*. Gran novela, para mí ya es un clásico. La foto de la cubierta es de Jesse Fernández.

Al parecer notó una cierta inquietud en mi rostro.

—No te preocupes, chiquita, me la trajo de regalo un amigo de confianza que trabaja en el Consulado español. De vez en cuando él pasa por aquí y me mantiene al tanto de lo que sucede y se publica allá afuera. Me provee de libros, discos, revistas, periódicos que, aunque algo pasados de fecha, aquí se mantienen de rabiosa actualidad, dada la inercia... —hizo un gesto exagerado con el brazo al tiempo que viraba los ojos en blanco.

Charlie Tellier tenía una manera de tratarme muy especial, se tomaba el tiempo conmigo. A mí era a la única que llamaba «mi vida», había reparado en ese detalle desde el primer instante, y también Flower Lilitú —con todas sus letras—, como le había dicho que me llamaba cuando nos conocimos. Además, me hablaba mucho de Lord Byron, «el primer rockero romántico», así lo calificaba él.

En una ocasión me confesó que yo me salvaba porque todavía fuera menor de edad, que de lo contrario ya me habría metido mano. No sabía que yo estaba loca porque alguien me metiera mano, él preferiblemente.

—Méteme mano, anda, chico... —le rendía «superarrebataísima», a un milímetro de la estratosfera.

Pero, aunque se lo insinué en más de una ocasión, él me esquivaba y reiteraba sereno:

—Todavía no, no me compliques, vida mía, todavía no, mi Flower Lilitú, mujercita endiablada. Cuando cumplas la mayoría de edad enseguida te daré lo tuyo... —reía con aquella dentadura tan blanca y perfecta.

Pero nunca me dio lo mío, o lo suyo, o lo de ambos, porque yo me le escurrí antes. Me le perdí, enamorada de otro, primero de un semidiós, y después de un sanaco que no valía la pena. Aunque esa es otra historia.

—Charlie, me fascina este libro —le confesé cuando ya iba por la mitad—. ¿Tienes otros del mismo autor?

—Termina ese, después veremos. ¿Te gusta escribir? —preguntó mientras ensayaba con la guitarra una nueva melodía.

—No sé... —respondí avergonzada, aunque siempre supe que sería algo parecido a eso de ser escritora, periodista, artista, alguna cosa rara...

—Mira, mi vida, Bada ya se prepara para ser cantante de los Alma Trepidantes... Debes ir encaminándote... —siguió marcando la melodía.

Cierto, Bada se había metido de lleno en la música, sus progresos en inglés le permitían interpretar esas composiciones en «idioma enemigo», tal como describían el inglés en aquella boñiga de isleta.

—Tú serás escritora, seguro que sí... —auguró sin levantar la vista.

Di un revirón de ojos, solté una risita.

—¡No, no seré escritora nunca! Mi mamá no me dejará ser escritora. ¡Quiere que sea peluquera! —revolcada en la alfombra quedé unos minutos boca arriba mirando al antiguo techo.

—¡¿Peluquera?! ¿En serio? ¡Pero ¿qué coño tienen en el seso las madres cubanas, mi vida?! —ese día iba repleto de «sustancias» hasta la última neurona.

Continuó sin embargo rasgando las cuerdas de Ondina, así había bautizado al instrumento.

—Y, ya que estás adivinando, ¿qué será Pilzy? A ver, ¿qué será Pilzy, según tú? —volví a enroscarme de un lado a otro.

—Pilzy será puta o doctora, o doctora puta... —colocó la guitarra a un lado.

Acostado, rodó hacia mí.

Nos mantuvimos fijos el uno en el otro, sus pupilas ardientes en las mías.

—Eres la muchacha más linda que he visto en toda mi vida, Flower Lilitú. ¡Y mira que por aquí han pasado niñas hermosas y ricotas! —posó sus labios en mi frente con un beso demorado.

Erguido de súbito, sin calzarse, salió al patio.

Fui detrás de él, también descalza.

En el amplio terreno ensayaba el piquetón: Jorge Bruno el Conde, Armandito Larrinaga, J. Leo Cartaya, Alexander, Pepino en la guitarra, Juanqui al bajo, Pachy, Ricardo Eddy (Edito), Mike, Chucho, Héctor, el Donald...

Bada se apoderó del micrófono. Bada era como nuestra Janis Joplin. Le había crecido una melenita, y se entretejía dos mechas en la frente con una cinta roja.

Charlie Tellier me tomó de la mano y nos sentamos en el suelo enfrente de la banda, en medio del grupo de amigos que asistían como espectadores. No vi a Pilzy por ninguna parte. No me extrañó porque a veces se quedaba dormida lo mismo en un rincón apartado que al pie de un árbol del frente de la casa.

Faltaba solo una semana para el tan esperado concierto en un club de la playa de Jaimanitas, uno de esos lugares sagrados del *rock and roll* rebautizado por el gobierno como «Patria o Muerte».

Recosté la cabeza en el hombro de Charlie Tellier, creí sentir un breve temblor de su cuerpo. Olisqueó mi pelo:

—Hueles a gata, Flower Lilitú, hueles a gatita a pocos días de haber nacido —me abrazó, arrebujándome contra él.

En esos instantes perdía el miedo. Sobre todo, huía de mí ese temor tan punzante que me invadía cuando observaba y oía cantar a Bada. Rebelde, despeinada, con aquel *swing* tan suyo. Única en su mendó, auténtica.

Bada era mi heroína. Ella afirmaba lo mismo de mí, yo era su modelo, su ejemplo, su yunta. Bada y yo solo teníamos que intercambiar una mirada para entender las situaciones y calcular a las personas que nos rodeaban. No hubo una sola vez en que ella y yo estuviéramos en desacuerdo, ni que nos equivocáramos al analizar y juzgar sucesos y personas de nuestro entorno.

Bada se había enamorado perdidamente de Virgilio, un mulatón pelirrojo, jabao, que a veces sustituía a Juanqui en el bajo. Virgilio era mucho mayor que nosotros. No pernoctaba en la casa de Charlie Tellier, vivía solo, pues su familia entera había podido escapar, largándose hacia el norte; a él no lo habían dejado marchar con ellos porque no había cumplido el Servicio Militar Obligatorio. Cumplió todos esos años de SeMeO y de allí salió más revirado que antes, en contra de todo, hasta de las grotescas cajas de fósforos. Mi amiga lo engañó jurándole que era mayor de edad, y se empataron, sin que él averiguara demasiado.

Desde el público, a pocos metros de Charlie y de mí, Virgilio contemplaba embebido los acoplados movimientos y sensuales resortes de la gran Bada.

Volvió su rostro hacia nosotros, y con la mano cornuta o cornuda nos hizo el gesto simbólico de los rockeros que la abuela italiana de Ronnie James Dio[3] le aconsejó que hiciera porque vencía al malocchio o mal de ojo, pues afirmaba además que curaba los males del cuerpo y, cual mantra espiritual, alejaba a los malos espíritus.

Virgilio, con aquel gesto, reconocía respetuoso la magnífica interpretación de su amada muchacha, de nuestra Bada, quien junto a los Almas Trepidantes nos regalaba ahora un fragmento inolvidable de la música que cambió nuestras vidas para siempre:

Cry baby, cry baby, cry baby
Honey, welcome back home

And if you ever feel a little lonely, dear
I want you to come on, come on to your mama now
And if you ever want a little love of a woman

3 Miembro de bandas como Elf, Rainbow, Black Sabbath, Dio y Heaven & Hell, Ronnie James Dio es, por su técnica, timbre y registro, una de las voces más emblemáticas de la historia del *hard rock*. Fue designado por el New York Times como el más grande vocalista de *heavy metal* de todos los tiempos. N. del E.

Cry baby, cry baby, cry baby
Honey, welcome back home.

Había que poseer mucho camino recorrido, un mundo vivido, años acumulados para lograr una interpretación como la que estábamos oyendo. Bada empezaba a vivir distinto, y aquel día estaba entregándonos todo lo que podía desde sus más hondos sentimientos, dándose al máximo desde las entrañas. Como mismo había hecho Janis Joplin, desde la eternidad de sus veintisiete años, aunque Bada solo había cumplido catorce años y medio.

CAPÍTULO VI

Hubo varios ensayos más: en la casa del Donald, en la calle Benjumeda, y después en la casa de Aisa, en la calle Cuarta, en Almendares, asistí a casi todos esos ensayos, iba como acompañante-ayudante de Bada.

Los Almas Trepidantes tocarían en Jaimanitas y debían estar bien afinados y acoplados, pues otras bandas se iban desmarcando con una fuerza arrolladora. Y, aunque no se trataba de competir con nadie, la cosa sí iba de ser cada día mejores, de imponerse entre un público más ávido, curioso de algo nuevo, distinto, vital, que lo hiciera soñar y elevarse por encima de todo aquel ninguneo cotidiano.

Una de aquellas bandas, en extremo buena, surgida a posteriori, a finales de los sesenta, era Unión & Simple. Dirigida por Ariel Mo, quien tuvo la extraordinaria idea («ya que para unos muchachitos de Centro Habana es imposible competir con grupos como Los Almas Trepidantes, Kent, Taxon, Nomos, Dada y poripallá, que por su calidad y trayectoria tocan en las fiestas del Vedado o La Víbora...», eso contó alguien) de actuar en los fetecunes de Centro Habana.

—Ahí no tendremos similares, seremos únicos —sentenció Ariel; así ocurrió.

Ariel no solo acertó con la idea, como acertaba con casi todo; el triunfo fue rotundo.

Tocaron en solares, en cientos de casas de La Habana Vieja, en fiestas de «perchero» (donde la premisa era que una vez que se atravesaba la puerta había que dejar la ropa en un perchero y estrenar desnudez mientras los cuerpos se rozaban en el bailoteo); ¡en fin, donde hubiera que presentarse!

¡Qué tiempos indómitos! ¡Cuántas emociones diarias! ¡Nos devorábamos el día, la noche y más allá del día y de la noche!

La banda duró hasta 1974 más o menos, fecha en la que el cantante Armandito Freire se piró, se apartó, para unirse a los Almas Trepidantes; su partida fue irreparable. Más tarde decidieron romper el grupo por no sé qué motivos, es verdad que tenían demasiadas complicaciones... La más importante: la policía no cesaba en el vil empeño de acorralarlos y asediarlos. Aunque también así sucedía con todas las bandas, no solo con Unión & Simple. Sus miembros, Ariel Mo, Enrique, Armandito Freire, Martillo, Edesio Alejandro, hicieron luego carrera aparte.

Aquella mañana Bada hacía notar como nunca su embullo extremo. Estaba muy consciente de lo que sería el debut y desde hacía semanas la adrenalina la mantenía a mil por hora. La abracé largo rato, a mí también me recorría un cosquilleo interior frente a la incertidumbre del éxito.

—No sé ya cuántas mentiras he dicho a mis viejos —susurró Bada en mi oído.

—Habla con ellos, diles la verdad, como hice yo con mi madre —aconsejé.

—Tu mamá es un pan de buena, Eva —hice un gesto con el dedo encima de la boca para que no me llamara por mi verdadero nombre—, y tu padre está ausente la mayoría de las veces. Si dijera la verdad a mis viejos no solo los mataría del susto, se encabronarían conmigo. Por otro lado, perderemos el año, ¿lo sabes? ¿Estás clara de que suspenderemos los exámenes?

—Ni loca, Bada, no perderemos los cursos, aprobaremos... Mira, he asistido a más turnos que tú, te ayudaré a ponerte al día. Solo debemos conseguir más certificados médicos, es cosa de justificar el resto de las ausencias.

—Eso está querido. Pilzy conseguirá los certificados con su tío y yo me encargaré como siempre de falsificar los nombres. Me he convertido en una experta... —por fin Bada se animó.

—¿De qué hablan? —Pilzy se acercó bostezando y se unió al abrazo entre Bada y yo.

—De nada importante. O, bueno, sí, de cómo es que podremos seguir con esta vida de fugitivas... —sonreí mientras encendía con dificultad un cigarrillo, aspiraba y se lo pasaba a Bada.

—Pues no veo cómo podríamos hacerlo de otro modo a como lo estamos haciendo —soltó Pilzy, convencida de que no cambiaría su vida de aquel momento por nada del mundo.

De las tres, Pilzy era la mosquita muerta, la típica gatita de María Ramos, que «tira la piedra y esconde la mano». En ocasiones se perdía en el interior mismo de la residencia, y Charlie Tellier se volvía loco buscándola porque temía las locuras que pudiera cometer. Entonces la encontraba enroscada al cuerpo de cualquier visitante que fortuitamente pasaba por allí.

Pilzy había descubierto que el sexo era lo suyo, e incluso hasta se veía en un futuro trabajando en el Puerto de Saint Pauli en Hamburgo, no muy lejos del club-sótano donde los

Beatles habían triunfado por primera vez; se imaginaba ejerciendo la prostitución como cualquier vulgar ramera del entorno. Charlie Tellier la regañaba con dureza mientras se llevaba las manos a la cabeza.

—¡Vas a echarlo a perder, Pilzy! ¡¿No te das cuenta de que si sales embarazada lo fastidiarás…?! —gritaba fuera de sí.

Ella lloriqueaba un rato y enseguida olvidaba todo; horas más tarde podíamos encontrarla en idéntico julepe, ida en su más ardiente y frenético deseo.

—Debes prometernos que te controlarás, Pilzy. A partir de hoy deberás cambiar, chica, no jodas, contrólate un poco —solté mientras me despegaba de ellas.

—Déjala, no la mortifiques. Ella sabe lo que hace y se cuida. ¿Verdad, Pilzy, que te cuidas? —La otra asintió.

Bada siempre la defendía, tal vez porque sabía que Pilzy era muy inteligente para las ciencias, pero bastante poco sagaz para el resto; para la vida era de una nulidad rayana en la tontería.

—¿Qué les parece? —Bada abrió la puerta del chiforrover y sacó un vestido largo, como de una seda muy vaporosa, estampado con unos símbolos esotéricos.

Fascinada con el vestido, le pedí que se lo probara. Me dijo que no, que mejor se lo viera puesto ya cuando fuéramos a salir hacia Jaimanitas, pues recién lo había acabado de planchar y podía estrujarse. Entendí y me encogí de hombros, imitándola a ella, que se encogía de hombros por cualquier cosa.

—¿Cómo llegaremos por fin esta noche, por qué vía? ¿En guagua? —pregunté algo inquieta, y me volvió el cosquilleo en las tripas.

—En el Dodge rojo y blanco del 48 del papá de Rogelito, que ha prestado amablemente para acompañarnos con el equipo y los instrumentos...

—¡Tremendo maquinón! —exclamó Pilzy.

—¿Entraremos todos? —insistí nerviosa.

—¡Claro, niña, no ves que es un Dodge del 48! ¡Eso no es un automóvil, es un castillo, una fortaleza indestructible! —Bada se mostraba sumamente positiva, me avergoncé de no sentirme igual que ella.

—Si tú lo dices... Voy a preparar algo de merienda, estoy rajá del hambre. Hoy en mi casa no había ni una galleta, nada. La panadería cerró por falta de levadura, mi mamá está al borde de la depresión.

—Tu mamá sola no, todo el mundo en este puñetero país se quiere suicidar —musitó Bada.

Me dirigí a la espaciosa cocina. Charlie Tellier se había ido a esa hora a su trabajo como artesano en una tienda nacionalizada desde hacía algunos años y convertida en mercado estatal. Los demás dormían todavía, desparramados por las habitaciones.

Atravesé el pasillo central entre los cuartos y divisé en las camas y los suelos cuerpos semidesnudos, cabelleras entremezcladas de chicas y chicos, entregados todavía al reparador Morfeo, que era así como el Conde llamaba al sueño.

Quedaban dos huevos y un trozo de pan viejo. Hice una tortilla agrandándola con el último chorrito de leche del litro y tosté el pan sin aceite en una sartén luego de cortarlo en rebanadas pequeñas. Se sumaron Bada y Pilzy.

Devoramos las partes que repartí con igualdad precisa; a Bada le molestó que insistiera con la pregunta de si cabríamos todos en el Dodge.

—¡Niña, irás conmigo y con Pilzy, no rejodas más, contraaaa! —Bada podía ser muy mal hablada—. Además, no tengo toda la información, pero sé que vendrán otros vehículos que conducirán al resto de la gente hasta allá.

Quedé más calmada. Pero no pude evitar soltar la frase ya usada anteriormente:

—¡Si tú lo dices! —mordisqueé un trocito de pan.

Conseguí exasperar a Bada.

—¡Claro que lo digo, cojoño, claro que lo digo yo! —rezongó entonces de mal genio.

—No te alteres, que vas a despertar a los bellos durmientes. Mantente tranquila y concentrada para esta noche —aconsejó Pilzy.

Mi actitud me hizo quedar como una extremista, o más bien como un pájaro de mal agüero.

Fregué la loza en silencio, después volví al cuarto que compartíamos las tres, junto al de Charlie Tellier. Tomé el libro de la mesita de noche, entonces decidí refugiarme en el aposento privado —como a él le gustaba definirlo— de nuestro anfitrión. Era yo de las pocas autorizadas a inmiscuirme en su privacidad.

No supe cuánto tiempo quedé adormilada. En semivigilia creo que vi cruzar por una de las ventanas la silueta alada de Mijito Frankenstein, acompañado de su hermana, tan deformada como él, aunque flaquísima, casi en los huesos.

CAPÍTULO VII

Los capítulos siete de la literatura habanera suelen ser los más violentos; conocido es que los ocho son los capítulos eroticones, sensuales, pero los siete se las traen también... Este capítulo, niño mío, no puede fallar a su *fatum* o designio fatídico numérico, el de la violencia.

Y, no obstante, pese a que llegamos a Jaimanitas alrededor de las ocho de la noche, todavía el sol refulgía insolente. No hay sol más cerril que el de esa isla polvorienta.

Bada lucía hermosísima con el vestido entallado que insinuaba sus huesudas formas; aunque bajo su impertinente delgadez conservaba la esbeltez eufórica y sana de la adolescencia.

El *Patria o Muerte* estaba lleno a tope de jóvenes jubilosos, apenas vestidos, algunos iban en trusas, trajes de baño. No más atravesar el umbral sentí el perfume de los cuerpos recién salidos del salitre, un vaho soleado en medio de la penumbra emanaba de ellos, y oí un abejeo de voces y risas.

Al notar que hacía entrada el grupo de músicos, los muchachos y las chicas se volvieron como locos, aplaudieron, gritaron, armaron una algarabía propia de la alegría y el desenfado de una juventud ávida de aventuras distintas en medio de aquel páramo.

Carlitos Tellier escrutó el lugar, nos apartó a un lado:

—¿Repararon en que hay infiltrada gente rara dentro del público, como que demasiado correcta, y que ni siquiera han aplaudido como los demás? Ojo, diría que son policías... —Charlie poseía una sensibilidad extraordinaria, un olfato único para la fiana y la policía secreta, como un tercer ojo que avizoraba el peligro; susurró—: Debemos estar alertas, no nos descuidemos...

Los otros asintieron con un gesto. Entonces intervine:

—¿No sería mejor irnos por donde mismo vinimos? —No lo expresé por cobardía, sino por cautela.

—¿Estás loca? ¿Y el concierto? —inquirió Bada con el semblante trémulo.

—Otro día, Bada, mejor prevenir que tener que lamentar... —Quise imponer mi timorato criterio frente a su audacia.

—No, no y no —resuelta protestó Bada—. Lo hacemos y punto, ¿sí o sí, caballero? —«Caballero» era una especie de locuaz muletilla en ella.

El Conde estuvo de acuerdo con Bada. Propuso que nos quedáramos y no armarla en grande como otras veces:

—Perfil bajo, ¿okey? No hagamos demasiado aspaviento —subrayó.

El aspaviento no estaría en el repertorio que cantarían, ni siquiera solamente en la música, aunque no hubieran interpretado las letras en idioma «enemigo» —el inglés—, de sus respectivos autores muy mal vistos por los que gobernaban... El aspaviento, para las miradas inquisitivas de los agentes que empezaron a hacerse más visibles a medida que el tiempo transcurría, consistía en aquellos cuerpos casi desnudos, en las soberbias melenas agitadas y revueltas, en la postura; en fin, en lo raro, en lo estrambótico de ciertas caras que habían sido maquilladas con símbolos extraños no autorizados dentro del lenguaje permisivo oficial, como queriendo dar eso, actitud.

Los de la banda subieron entusiasmados a la tarima que hacía de escenario, cada cual se colocó frente al instrumento correspondiente, instalados todos con anterioridad.

Bada se apoderó del micrófono, pero entonces hizo irrupción uno de esos camaradas… Sumamente atildado, disfrazado con una especie de chaqueta estilo safari que era el complemento preferido de los que trabajaban para la DSE (Departamento de Seguridad del Estado). Otro «seguroso» del montón, aunque con ínfulas de culturoso o cultureta, en aquel instante arrebató el micrófono a Bada:

—Estamos aquí en este día tan especial, para celebrar y dar loas a la gloriosa revolución cubana… —Todos nos observamos de hito en hito, con disimulo, qué día sería aquél, qué fecha oficial que habíamos olvidado sin querer entre tantas memorables del comunismo—… No se preocupen, no es que hayan pasado por alto alguna heroicidad en específico. Es que, vaya, chamacos, no creo que sea preciso recordarles que cada día de nuestras vidas debe constituir una continuidad de celebración revolucionaria; cada minuto, cada segundo tenemos que dedicarlo en cuerpo y alma a dar gracias a nuestro comandante en jefe y a esta revolución de los humildes, por los humildes y para los humildes. Espero sean conscientes de ello durante este concierto, desde el inicio hasta el fin, ¿me copian?

Suspiramos aliviados; nada, otro teque-teque más, nos dijimos, inconscientes algunos de que lo peor podía avecinarse. El hombre estudió de arriba abajo el estalaje de Bada, hizo una especie de respingo despreciativo y, muy a su pesar, devolvió el micrófono a mi amiga.

Bada rajó el ambiente con su voz emanada de lo más hondo del pecho, del vientre, de los pulmones, de lo más profundo e íntimo de ella, los instrumentos la siguieron; el tumulto empezó a saltar y a bailar, desenfrenados, liberados. Charlie Tellier me tomó por la cintura, como deseando controlarme, pero la música fue más fuerte que cualquier intento de sostén, de dominio. Pilzy también contoneaba su cuerpo a mi lado, chillaba excitada. La voz de Bada nos ponía por allá arriba, en el techo, y más para allá del techo, en el cielo, y más arriba del cielo. Volábamos, fugados, remotos en una evasión que nos redimía, vibrantes en la osadía.

La primera canción pasó sin problemas, la improvisación de los instrumentistas hizo el enlace con la segunda interpretación mal traducida al español de aquel movido número de la divina Suzi Kay Quatro titulado *48 Crash*. Los cuerpos y los sudores iniciaron una especie de ritual de caricias y olores, las cabelleras ondearon en medio de un arrebato impredecible. Yo misma apenas conseguía contenerme, aunque de vez en cuando detenía mi furor para estudiar en derredor el movimiento policial que vigilaba y poco a poco nos cercaba.

En una de esas observé con detenimiento a Bada y pude percibir que se encontraba en pleno éxtasis, que la actuación nos la estaba robando y conduciéndola a un mundo superior en el que nadie más que la música figuraba. Sentí un escalofrío que recorrió mi rabadilla hasta el huesito de la alegría; pero continué, queriendo alcanzar aquel nirvana del que nos había hablado Charlie Tellier. Busqué con la mirada a Pilzy a mi alrededor; no la vi, me dije que quizás había ido un momento al baño.

No recuerdo si fue en la tercera o en la cuarta canción cuando Bada, de buenas a primeras y rompiendo el acuerdo de no cantar en inglés, se lanzó con una melodía en el idioma que hacía temblar y chirriar los goteantes colmillos de la censura: *As tears go by*. Los autores e intérpretes de la canción original eran The Rolling Stones, un grupo prohibido en la isla; también la había cantado la gran Marianne Faithfull, y su letra decía algo así:

> *Es el atardecer del día, me siento y observo a los niños jugar, caras sonrientes puedo ver, pero no por mí, me siento y observo, mientras las lágrimas caen. Mi riqueza no puede comprarlo todo, quiero escuchar a los niños cantar...*

Pude comprobar con el rabillo del ojo que mientras la canción avanzaba y la melodía se infiltraba en todos nosotros, la masa policial iba moviéndose hacia el centro, concentrándose y apretándose contra los cuerpos, y cercando también el escenario:

> *Todo lo que escucho es el sonido de la lluvia cayendo en el suelo, me siento y observo, mientras las lágrimas caen...*

El Conde, desde la tarima, percibió lo mismo que advertimos Charlie Tellier y yo desde abajo: el odio, la ira concentrándose y cercándonos.

Situado detrás de Bada, el cantante de los Almas Trepidantes se acercó a la muchacha, casi arrebujado a su espalda trató de hacerle dúo en español como deseando protegerla. Las lágrimas de Bada rodaban por el rostro virginal, abstraída en la melodía continuaba e interpretaba en inglés. Mientras, Virgilio pulsaba el violín y Laz Veguilla, el irlandés del poblado de pescadores de Regla, deliraba cuando tañía notas sicodélicas en una lira aedoescocesa:

> *Es el atardecer del día, me siento y observo a los niños jugar, haciendo cosas que solía hacer, ellos creen que son nuevas, me siento y observo, mientras las lágrimas caen… uhmmmm, uhmmmm…*

Bada tarareó en un dulce murmullo, enseguida retomó e interpretó con una voz que se asemejó al alarido del violoncello otra estrofa de la canción. El público bailaba unido, en una suerte de flor compacta, como un botón de rosa cuyos pétalos vibraban al ritmo de un mantra inédito e insólito, aunque circundado por espinas.

It is the evening of the day
I sit and watch the children play
Smiling faces I can see
But not for me
I sit and watch
As tears go by
My riches can't buy everything
I want to hear the children sing
All I hear is the sound
Of rain falling on the ground
I sit and watch
As tears go by…

Bada lloraba, la luz proveniente del techo inundó su rostro mientras miraba hacia las alturas con los ojos implorantes, plenos de un arrobamiento divino.

—¡Basta, detengan esto! ¡Paren ya! ¡Soy el teniente coronel Prado Martín! —El vozarrón de un militar disfrazado de civil interrumpió la taumaturgia del instante.

Los músicos continuaron, Bada no se detuvo, los danzantes la siguieron. Miré por todos lados, Pilzy no aparecía. Quedé paralizada, crispada. Charlie Tellier me pidió que no dejara de vigilar a Bada, que él iría a buscar a Pilzy. Se dirigió a un pasillo todavía más oscuro que el recinto a media luz.

Los guardias se fueron aglomerando a nuestro alrededor. Sacaron los palos, algunos también las pistolas. Y, como era de esperar, empezó lo peor.

SEGUNDA PARTE
MIENTRAS LAS LÁGRIMAS CAEN

All I hear is the sound
Of rain falling on the ground
I sit and watch
As tears go by…

The Rolling Stones

CAPÍTULO VIII

No será un capítulo ocho como la ley manda, baby... No como lo esperan algunos, ni como tal vez lo esperas también tú. Hubo sexo, del malo, del abusador, y trastadas, muchas trastadas, de las trastadas criminales. Debo decirlo con la palabra adecuada, con todas sus letras: tortura. Hubo tortura.

Charlie encontró a Pilzy en el servicio, tal como había pensado que la hallaría. Pero su joven amiga no estaba allí por voluntad propia; había sido arrastrada a la fuerza por un mastodonte de los enviados por las autoridades para vigilar y controlar aquel lugar.

El siniestro gorila comenzó por interrogarla acerca de unas supuestas relaciones de los músicos de la Jipangá con los americanos —los «yanquis», dijo— a través de unos disidentes —según nos contó Pilzy más tarde—; luego, al ver que ella se negaba a hablar de algo que, por lo demás, no sabía ni pitoche, se puso a golpearla con un salvajismo feroz.

Tras la golpiza arrancó sus vestimentas y, empujándola contra la pared, se dio a la tarea de sobarla mientras le susurraba groserías e insultos. El verdugo extrajo su miembro;

con sus fuertes piernas obligó que ella abriera las suyas, e intentó penetrarla.

En eso llegó Charlie Tellier, quien entretanto había encontrado una cabilla de hierro en el trayecto hacia los servicios, y la empuñaba por si acaso; airado, descubrió el espectáculo con los ojos nublados de cólera.

Frente a semejante escena Charlie reculó y tomó ventaja, entonces fue y le cayó a cabillazo limpio por la espalda al tipo. El otro se volteó, le metió un puñetazo en el centro de la cara, lo cogió por el cuello. Pilzy se le encaramó encima, por la espalda, le arrancó un trozo de oreja al guardia de una mordida...

Mientras tanto, en el mismo medio del *Patria o Muerte*, los guardias camuflados en civiles habían iniciado una inexplicable y brutal represión que a todos pareció tomar por sorpresa. A todos menos a mí.

Desde mi rincón esquivé como pude los trompones, alcancé a escurrirme hacia el borde que conducía a la salida, pero en ese instante observé que dos guardias trepaban al escenario y pugilateaban con varios músicos. Bada quiso bajar y escapar, otros dos agentes la agarraron por las muñecas y la arrastraron hacia la salida de los artistas; sabía que ese pasillo conducía a la playa.

Llegué a la puerta de salida trasera casi a rastras, por fin logré abocar en la calle; me hallaba frente al cartel luminoso del club nocturno.

Hice un rodeo a toda prisa del sitio. A lo lejos divisé a los tipos que se llevaban a Bada, quien resistía más mal que bien, con lastimosos berridos... Pateaba, pero los puñetazos contra su pecho la debilitaron.

De manera rara no se dirigieron, siguiendo al resto, hacia las patrullas con los detenidos esposados, sino que acudieron hacia unas taquillas y duchas donde de día los playeros cambiaban sus ropas y se quitaban con agua dulce el salitre tras disfrutar del sol y el mar.

No demoré demasiado en sorprenderlos, ya ellos habían introducido a la fuerza a Bada en una de las duchas; la habitación era amplia y apestaba a meados. Sentí miedo, me da vergüenza reconocerlo, otra vez quedé paralizada por el terror…

Bada arrodillada gemía, pedía perdón con las manos juntas. Uno de los hombres la agarró por los hombros y la obligó a ponerse de espaldas contra el muro. Subió el vestido de la muchacha, le arrancó la prenda interior, entonces se arrodilló y escupió en las nalgas de mi amiga. Abrió las nalgas de Bada con sus potentes manos mientras el otro la aguantaba y tapaba su boca, escupió otra vez dentro, cerca del ano. Volvió a levantarse, abrió el zíper de la portañuela, se sacó el rabo, sobó con la otra mano el trasero de la joven y de un golpe intentó encajarle el miembro enhiesto. Bada se revolvió, retorciéndose de dolor, gritaba, pero nadie podía oírla pues el segundo monstruo la ahogaba con su manaza. Solo yo podía oír esa especie de mugido insoportable y ser testigo de lo que estaba sucediendo.

Busqué a mi alrededor con la mirada cualquier cosa, un palo, un arma que me sirviera para defender a mi amiga, pero no hallé nada. El miedo me paralizaba. Por fin vi un trozo de cristal.

El salvaje terminó de pajearse y eyaculó satisfecho encima de Bada. Entonces se colocó en posición de sostener firmemente a la muchacha para que el otro pudiera secundar el abuso. Ahí fue donde enloquecí…

Corrí hacia ellos, chillaba como una bestia herida, sentí que algo se iba a romper dentro de mi pecho. Agité el cristal contra esas caras, corté y herí, mientras le gritaba a Bada que escapara…

Caí como una loca contra el que se disponía a sodomizar a Bada. Arañé, mordí, escupí, volví a cortar, mi mano sangraba aferrada al cristal; conseguí al menos que Bada pudiera mínimamente defenderse. Fue en vano, ambos cayeron sobre nosotros, nos redujeron con todo el peso de sus fuerzas…

Todavía siento el agobio de la bota militar aplastándome la cara, la risotada mientras el otro maltrataba a mi amiga.

Todavía contemplo los ojos de Bada, aterrados. Sus pupilas afiebradas fueron lo último que mantuve en foco antes de desmayarme.

La hebilla del cinturón que me apretaba el cuello trabó mi garganta y cortó mi respiración; perdí el conocimiento.

CAPÍTULO IX

Entreabrí los ojos. El falso techo pintado de color gris parecía que sudaba o se derretía, el bombillo de una de las lámparas pestañeaba. El rostro de una mujer vestida de militar se interpuso entre mi rostro y la visión de una nube pesada. Era una enfermera. Supe por ella que me hallaba en el Naval, el Hospital Militar.

—¿Cómo te encuentras? ¿Bien? —inquirió de manera brusca.

Asentí. Traté de moverme, me dolía cada partícula del cuerpo. Llevaba una minerva alrededor del cuello, una mano vendada; habían amarrado mis brazos a cada lado de la cama. Intenté zafarme.

—Mejor quédate así —dijo la mujer mientras revisaba mis piernas por debajo de la sábana—, todavía tienes moretones.

Intenté hablar y no conseguí más que emitir una especie de ronquido. Ella adivinó y respondió:

—Tu amiga está en el cuarto aledaño a este. Los demás fueron detenidos. Vete tú a saber cuándo los soltarán... Gente como ustedes debiera estar muerta. Tendrían que darles paredón a todos, fusilarlos sin miramientos —soltó sin contemplaciones—. Da igual si son menores de edad o lo que sean, da igual… Son lacra. Y esta sociedad tiene que librarse de la lacra, de los enemigos que ustedes representan.

Apreté los ojos, como si apretándolos pudiera dejar de oírla.

—¿Puedo ver a Bada?

—No, no enseguida. Demorarás en verla… A ti podremos soltarte en breve, una vez que desaparezcan esos morados, y que acabes de cicatrizar. Ah, y sí, que sepas que te interrogarán… Más bien te advertirán…

—Tengo hambre. Necesito comer algo… —musité.

—Esto no es un hotel, es un hospital —rezongó brusca la médico militar—, pero te nutriremos con suero alimenticio, para que veas lo generosa que es la revolución hasta con los que la quieren denigrar y traicionar.

Fijó sus pupilas en mí con desprecio, le devolví la mirada de odio con un guiño sonriente. De un respingo dio media vuelta y se largó dando pasos cortos, como si estuviera marchando en un desfile de gala frente al Consejo de Estado. Se había negado también a desamarrarme de la silla, no pude acercarme a la ventana. Un rectángulo por el que se colaba el resplandor de un día soleado.

En ese instante oí gritos, alaridos espeluznantes que me pusieron los vellos de punta y me dieron escalofríos.

—¡Noooooo, déjenme irme, nooooo, ayyyyy, no puedooo más, coñooo! —identifiqué en los gritos la voz de Bada.

Quise zafarme de la silla, no lo conseguí, intenté acudir a la puerta arrastrándome junto al mueble; no alcancé más que a agudizar el dolor que paralizaba mi cuerpo:

—¡Clávale la aguja, coño, clávasela ya, carajo! —gritó un bestia desde donde Bada se debatía.

Sollocé, grité, me agité; caí de golpe, de lado contra el suelo, siempre anudada a la silla...

—¡Déjenla, dejen a Bada, vengan aquí conmigo...! —supliqué, el llanto me cortaba la respiración.

De pronto, se hizo un silencio del lado de donde provenían los reclamos de la muchacha. No podía quedarme tranquila, agucé el tímpano. Pasos apresurados se acercaron al cuarto donde me hallaba...

Dos tipos fornidos levantaron mi cuerpo en peso del suelo y colocaron la silla frente a la cama. Un tercero con la cara llena de manchas terracotas y algunas cicatrices recientes, obeso, y con un reloj en cada muñeca, llevaba un dosier entre las manos; con toda evidencia, el jefe y a quien yo había herido con el cristal. La enfermera, una nueva, situada detrás, evitaba mirarme a los ojos, por pudor o no sé.

—¿Qué te pasa? ¿Por qué gritas de esa manera? No te hemos hecho nada... Todavía no te hemos dado tu merecido... —precisó el jefe.

—Por favor, no le hagan daño a mi amiga, no hizo nada malo... —susurré.

—¿Y tú? ¿Tú hiciste algo malo? —inquirió el segundo hombre.

Negué con la cabeza.

—En este país no se canta en inglés. El inglés es el idioma del enemigo, del imperialismo yanqui. En este país se oye la música que nuestro comandante oriente y ordene. Esa música en inglés de marihuaneros y corruptos aquí está prohibida, porque esa es la música de los gringos imperialistas, de los drogadictos, de los vagos, de los contrarrevolucionarios... Mira, chiquita, hemos investigado sobre ustedes... Llevan meses viviendo con todos esos jipis; debiera darles vergüenza, en lugar de prepararse para el futuro y entregarse al socialismo como debiera ser... ¿No les da vergüenza? —Su mirada babeaba como una especie de veneno oscuro.

Tuve el atrevimiento de hablar:

—Esos jipis nunca abusaron de nosotras como han abusado ustedes en horas... —en ese instante era yo la que destilaba rabia por las pupilas—... ¡¿De qué coño de futuro se atreven a hablar, cuando por nada nos matan, hijos de putaaaa?!

El jefe hizo una señal, la enfermera preparó la jeringuilla. Mis chillidos resonaron en el falso techo de astillas y resina prensados y pintados de un tenebroso gris.

Los dos supuestos doctores, policías disfrazados, atenazaron mi cuerpo con sus brazos musculosos, como si yo pudiera huir de los nudos que me inmovilizaban en la silla de metal. La enfermera, que siempre evitaba mirarme a los ojos, clavó la jeringuilla en mi brazo. Perdí la visión en una nebulosa cristalina, volví a desvanecerme.

No recuerdo cuánto tiempo me abandonaron aislada en el hospital militar.

De ahí, un buen día, me limpiaron las babas provenientes de las drogas que me inoculaban a diario. Bañada y adecentada, me condujeron a una estación de policías, donde me interrogaron acerca de asuntos de los que yo no tenía la menor idea.

—¿Cuántos días llevo así, sin ver más que a esta gente, a estos militares del Naval...? ¿Dónde están mis padres...? —No esperaba que me respondieran, pero lo hicieron.

Éramos cinco en el cuarto de interrogatorios.

—Tus padres vendrán a buscarte cuando lo decidamos nosotros —aclaró el teniente coronel—. ¿Has hablado alguna vez con el cónsul de España?

Negué con la cabeza.

—Es que este se dedica a sustraer joyas valiosas y obras de arte de Cuba —susurró uno vestido de civil en mi oído.

—No sé a qué ni a quién se refiere, no tengo la menor idea...

—Puede que no lo recuerdes... Un hombre de mediana edad; era uno de los amigos de Carlos Tellier...

Me encogí de hombros.

—¿No has estado cerca de los diplomáticos españoles y de los americanos? ¿¡Nos vas a contar eso a nosotros, o qué...?! —se tocó el pecho con un dedo grueso y deformado; amenazador.

El interrogatorio duró horas, quizás días. No podía contar el tiempo; reinaba la perenne oscuridad. Me guardaban en una celda cuando yo ya extenuada caía derrumbada, inconsciente.

Una mañana desperté más sedienta que lo habitual, clamé por un vaso de agua y no me hicieron caso. Pasado un largo rato, la carcelera de turno abrió la reja de la celda en la que me habían encerrado. Esperé a que me diera la orden de atravesar el umbral. Lo hizo con un mero gesto, sin buscar mi perturbada mirada; más bien rehuyó mis ojos.

Avanzó, delante, condujo sus pasos a una habitación en donde pidió que me desvistiera del uniforme carcelario y vistiera la ropa que llevaba el día del concierto. Sospeché que por fin me liberarían, pues el áspero tono de voz había variado por uno un poco más benévolo.

—Lárgate ya. Allí, afuera te esperan tus viejos...

No quiso ir conmigo hasta la entrada. Debí continuar sola por un pasillo húmedo hacia un óvalo de luz. Las figuras de mis progenitores se fueron silueteando en esa inmensidad resplandeciente que suponía que correspondía al mediodía habanero.

Mamá, al perfilar mi silueta temblorosa, acudió a mí, se le aguaron los ojos al estudiarme de cerca, hizo pucheros, contuvo malamente el llanto. Papá tiritaba de frío en medio de aquel sofocante calor, temblequeaba como un conejo herido. Ninguno de los dos pronunció palabra alguna. Me tomaron de la mano, nos dirigimos a una parada cercana de la guagua, ni siquiera recuerdo el número de ruta del autobús.

Tres guaguas pasaron, los guagüeros no pararon. Los vehículos iban atestados, la gente colgada como podía de las puertas y ventanas.

Papá avistó un ANCHAR, un auto de alquiler, e hizo un gesto con la mano para que se detuviera. Iba lleno también, donde cabían cinco se apreciaban seis personas repletas de bultos encima.

—Si se aprietan un poco puedo montar a dos más, pero solo a dos —aclaró el conductor.

Papá sacó dinero de su bolsillo, un billete de a veinte pesos, se los dio a mi madre.

—Vayan ustedes delante, regresaré a pie —sonrió con un guiño.

No supe qué hacer, me dolió muy fuerte el pecho de tanta tristeza. Sabía que papá andaba malo de una pierna porque siendo electricista había quedado guindado durante horas de un poste de la luz tratando de devolverle la electricidad a todo un barrio, por nada no le tuvieron que cortar la pierna; desde entonces apenas paraba en casa, andaba por ahí forrajeando medicamentos para el dolor o chispae'tren para emborracharse. Menos mal que salvó la vida, habría podido matarse si el cable que le apretaba el tobillo hubiera cedido.

Mamá me instó a entrar en el ANCHAR detrás de ella; viajé sentada encima de sus piernas, como cuando era pequeña. Besó mi mejilla, pidió en un susurro que intentara calmar mis nervios.

—Mami, ¿supiste de Bada? —alcancé a preguntar en un jipío.

—Por fin sus padres la pudieron sacar del hospital, los pobres, están conmocionados… La liberaron ayer, muy maltratada… Ellos movieron cielo y tierra… Ya te explicaré cuando lleguemos a casa, callémonos ahora —limpió mis lagrimones con un pañuelito de encaje que extrajo de su ajustador y volvió a besarme como con miedo a perderme.

CAPÍTULO X

Por encima de los altos arrecifes creí divisar a Mijito Frankenstein: su cuerpo envuelto en vestimentas oscuras sobrevolaba entre las nubes, la capa negra extendida a la merced del viento flotaba... Tarareó desde lo alto alguna melodía en inglés que podía oírse mientras descendía al rente de la rocosidad de la playa. Apreté los párpados, volví a abrirlos, observé el cielo intensamente azul y su luz penetrante hirió mis pupilas.

Esperaba a Bada, nos habíamos dado cita en aquella playa lejana; mi amiga tardaba, el sol achicharraba mis hombros, y la sed y el hambre comenzaron a estragarme el estómago. Medio adormilada, intenté resistir.

No sé cuánto tiempo pasó antes de advertir su presencia a mi lado. Fui a hablar, pero ella hizo un gesto que indicaba que no dijera nada. Obedecí.

Abrió el bolso, extrajo un paquetito de pastillas de trifluoperazina y una botella de un ron malo. Colocó una pastilla en la palma de mi mano y mediante gestos me pidió que la tragara con un buche del contenido de la botella. Volví a obedecer. Entonces hizo lo mismo, después se acostó junto a mí; ambas mirábamos aturdidas al cielo.

Mijito Frankenstein reapareció en su vuelo pernicioso, lo seguimos con las pupilas. Al inicio nos dio mucha risa. Pero entonces él bajó adonde estábamos, por unos instantes sentado a nuestro lado conversamos; nos confesó que se sentía muy amargado, más que triste, porque su hermana había fallecido. La hermana era también muy fea, lucía el mismo rostro deforme que él.

En realidad, subrayó que no había muerto de manera natural, sino que sospechaba que la habían asesinado. Lloriqueó con unas muecas muy repelentes; nosotras lo acompañamos, tratábamos de animarlo. Aunque al final también lloramos tan trastornadas que tal parecía iría a durar una eternidad. De súbito, Mijito Frankenstein tomó impulso y echó a volar de nuevo, lo vimos perderse entre una cortina de agua lluviosa, en la distancia.

Bada se sentó con las piernas recogidas, sacó un cuaderno de su jaba de nailon, empezó a escribir algo que supuse estaría destinado a que yo lo leyera de inmediato. Así fue:

> *No pensé nunca decir esto a alguien tan querido como lo eres tú para mí, espero sepas guardar mi secreto: no quiero vivir más. No deseo vivir en estas condiciones, ni con esta gente, ni en esta isla de basura. Preferiría desaparecer... Mis padres sufren demasiado, me niego a ser testigo de ese sufrimiento que les provoca mi mera existencia. Si pudiera vivir bien lejos de este infierno tomaría otra decisión, quizás la de batirme con todas mis fuerzas, pero hasta las fuerzas se reducen a nada en este desgraciado país...*

Iba leyendo en la medida en que ella escribía. En ese punto le arrebaté la libreta, arranqué la hoja en la que había escrito aquello y, arrugándola, la lancé al mar. Entonces tomé también el lápiz de su mano y respondí:

> *No puedes rendirte, no debieras bajar los brazos ante esta gente… No, no te concedo esa forma de perder tan ajena a tu carácter y a tu personalidad.*

Bada leía mis frases y sus ojos volvieron a llenarse de lágrimas. Mientras sus lágrimas caían noté por el aroma en la atmósfera que la cortina de lluvia estaba cada vez más cerca e iría a atraparnos muy pronto… Quitó suavemente el cuaderno de mis manos, escribió, o más bien ordenó las palabras lentamente:

> *Hicieron un daño irreparable en mí… de forma física, también destrozaron mi mente, trituraron mi psiquis. No seré nunca la misma. Ni siquiera me atrevo a hablar contigo, mi mejor amiga, no me atrevo a confesarte… ¿Cómo podría realizar mi más añorado sueño, el de seguir cantando y convertirme en la más grande rockera del mundo…? ¿Continuar aquí…? ¿A la espera, de qué?*

De repente la muchacha dejó de escribir, cerró el cuaderno, fijó la vista en el horizonte por donde todavía planeaba Mijito Frankenstein con su capa negra al viento, acompañado de una nube de auras tiñosas y de incesantes relámpagos.

Al rato, Bada me tomó la mano, me la llevó a su corazón. Latía a una velocidad desmesurada. Las lágrimas de mi amiga mojaron mi mano. Sentí que debía expresarle mis sentimientos mediante el habla, aunque ella prefiriera la escritura.

—Te quiero mucho, Bada. No llores, que me harás llorar a mí… —musité.

Retiré la mano, ella negó con un gesto brusco de la cabeza como queriendo asegurarme que no lloraría ya más, limpió sus mejillas con el dorso de sus puños. Nos abrazamos, y quedamos así estrechándonos bastante tiempo. Después ella recogió el cuaderno, lo introdujo en el bolso; nos dimos un beso en el cachete a modo de despedida.

La lluvia arreció, ambas echamos a correr hacia nuestras casas, a la caza final de nuestros destinos.

Bada no volvió a la escuela. Supe que su madre había conseguido un certificado médico que la dispensaba por un tiempo de asistir a clases. Visité su hogar cada noche, le llevé libros, nos sentábamos en el borde de la azotea del inmueble a oír el programa radial *Nocturno* mientras las calurosas tinieblas envolvían nuestros frágiles cuerpos.

Bada me embulló para que estudiara mecanografía con ella, iríamos al Callejón del Chorro a tomar clases con una profesora particular. La mecanografía nos sería muy útil para cualquier cosa que quisiéramos hacer en el futuro, puntualizó. Pero Bada fue a una o dos clases, luego se aburrió de estar machacando con los dedos una Remington de los años treinta a la que le faltaban las teclas. A mí me llegaron a sangrar las yemas de tanto teclear encima de los ganchos de la máquina. Aunque me fue útil, aprendí que la letra con sangre entra, tal cual.

Bastó una ausencia de mi parte de una semana por asuntos complicados en la biblioteca de la calle Obispo, donde me tocaba estudiar —pues yo sí regresé al último año de la Secundaria—, para que Bada y su familia desaparecieran.

Como acostumbraba, me dirigí una noche a visitarles. Su apartamento desde afuera se veía oscuro, las luces en el interior estaban apagadas; toqué varias veces en la puerta, nadie respondió. Insistí, hasta que una vecina salió a ver quién estaba jodiendo tanto con esos toques tan insistentes en la puerta de un apartamento vacío:

—Ya no viven ahí, se mudaron —masculló con cara desencajada.

—No me avisó de su partida... Y eso que es mi mejor amiga... —La inquietud embargó mis palabras.

—No quisieron decir a dónde iban, a nadie, se fueron sin más. Ningún vecino sabe a dónde se han marchado. Pero es probable que sigan aquí, en Cuba... —Quiso decir que no habían partido para siempre, al exilio en otro país.

—¿No dejaron ninguna pista...? —inquirí demudada.

Negó con la cabeza, solo atinó a apuntar:

—Es probable que se hayan mudado de barrio, o de provincia. Ellos tenían familiares en Matanzas, pero es algo que elucubro —se le enredó la lengua con la rebuscada palabra—; no poseo ninguna información en concreto.

Bajé los peldaños con el peso de una extraña angustia sobre mis hombros. Las rodillas me dolían como si toda la ancianidad del mundo se hubiera acumulado en ellas.

Erré por La Habana Vieja y luego por Centro Habana, sin objetivo fijo; al final tomé un ómnibus y me dirigí a la Casa Prohibida, la de Charlie Tellier. Había prometido a mis padres no regresar nunca más a la morada de la Jipangá, que era como habíamos empezado a llamar a la casona del Vedado, por la cosa jipi, que como ya conté venía de *hippie*.

Charlie Tellier también se había recogido al buen vivir. Pidió a todos los que pernoctaban en su residencia que desaparecieran por un buen tiempo, se dedicó a fabricar artesanías y a venderlas en el mercado negro. Como estaba vigilado por la policía política, un amigo las vendía por él, casa por casa.

No penetré en el lugar por la puerta principal, di un rodeo y, tal como habíamos acordado antes él y yo, pude colarme por una ventana entreabierta que lindaba con uno de los dos patios laterales.

Charlie dormía en uno de los colchones en el piso, me recosté junto a él. No quería despertarlo, dormía muy profundo.

Al rato de estar contemplando el artesonado del techo y de oírle respirar, cerré los párpados y caí rendida. Nada más reparador y esclarecedor que el sueño.

CAPÍTULO XI

—¿Por qué has vuelto? No quiero crear problemas, no deseo creártelos a ti y mucho menos a mí —carraspeó, de esa forma agria me saludó no más despertar—... Es ya casi de noche... ¿Por dónde has entrado?

—Por la ventana de siempre... —musité.

—Nos vigilan, ¿lo sabes? —encendió un cigarrillo.

—¿No le pones yerba? —señalé, deseando fumar con él.

—Lo he dejado, sólo fumo Populares. No permito que ningún porrero venga aquí por el momento, pudieran chivatearme y condenarme por eso.

—¿Has sabido de Bada? —dudé antes de preguntar, pero al menos intenté averiguar.

—No, nada, ni idea... Sé que se ha ido de La Habana porque Pilzy me telefoneó y, bajo códigos y metáforas de las suyas, pude entender lo que trataba de decirme, que Bada y sus padres se habían largado...

—¿Los músicos...? —temía la respuesta.

—Unos todavía detenidos, otros expulsados de sus centros de estudios y trabajo, otros se irán del país, ya sabes, la cosa es desaparecer, como sea... Aquí no se puede vivir...

—se le notaba airado, aunque intentaba conservar una cierta calma.

—¿Tú, qué harás? —Temí que me devolviera la pregunta, porque yo misma no sabía lo que haría en el futuro.

—No, Flower Lilitú, yo seguiré aquí. Este es mi país, de aquí nadie me mueve... Sabrás que me han botado de todos lados, ya no me pueden expulsar más de ninguna parte. Lo que queda sería expulsarme de mí mismo... Pues tendrán que matarme...

—Lo harán. No vacilarán en hacerlo. A mí y a Bada por nada nos matan. Con ella se ensañaron... —mis manos temblaron.

—Por favor, no lo cuentes. No deseo enterarme, porque no podría hacer nada ya... Eso me haría muy infeliz, más de lo que ya lo soy.

—¿Sabías que mataron a la hermana de Mijito Frankenstein? —La nariz se me llenó de mocos por el llanto contenido.

—Es lo que dicen, aunque no hay nada seguro. Su hermano está también medio loco, es raro, o sea, se comporta de forma irreal... No se puede afirmar que la hayan asesinado... Es decir, no dejaron pruebas. Igual desapareció por un tiempo...

—Nunca dejarán pruebas, ellos saben cómo hacerlo sin que existan huellas y evidencias... —Esperé un rato su respuesta.

El silencio empezó a hacerse largo y molesto. Por fin decidí partir, regresar a donde mis padres.

Erguida, quise dar un rodeo por la casa, recordar viejos momentos; Carlitos o Charlito (como le decía) me tomó por la muñeca y me haló hacia él. Su abrazo reconfortó mi alma.

—Vete por la ventana de la cocina que da al patio de atrás. Por si acaso, mejor quítate lo que llevas y vístete con una muda de ropa mía para que crean que soy yo, y no tú saliendo de aquí…

Obedecí. Enfundé uno de sus *jeans* estrechos, abroché en mi pecho una camisa Manhattan de jersey finito, calcé aquellas botas negras enormes suyas que tanto me gustaban, y me dispuse a seguir obedeciendo a Charlie Tellier, nuestro líder.

Me dirigí a la cocina, vi que había una Biblia encima de la mesa; crucé el ventanal después de subirme al fregadero y de ahí salté al patio que daba a otra calle del Vedado.

Hui sin saber que huía, de donde quizás no volvería nunca más.

CAPÍTULO XII

No sé por qué me dio por acercarme a La Rampa, tal vez porque las tripas empezaron a sonarme, y allí, en aquella avenida concurrida del Vedado que desemboca en el Malecón, era donde se concentraba la mayor cantidad de cafeterías y sitios donde pudiera matar esa hambre vieja que llevaba arrastrando como signo de identidad.

Fui aproximándome a la esquina del fabuloso Cine Radiocentro, rebautizado —como todo lo que los comunistas rebautizaban— Cine Yara... Entonces pude distinguir una multitud semejante a un extraño oleaje marino que se debatía bajo el alumbrado y el cielo estrellado. Penetré en la marejada humana para comprobar desde más cerca lo que ocurría.

Un grupo de «peludos», así llamaban a los jóvenes de melena larga, se encontraban en el centro del círculo. Un círculo rodeado por mujeres y hombres, militantes del nuevo régimen, aunque no militaran más que en la causa del odio y del oprobio. Algunos provenían de la radio y la televisión, de la CMQ cercana, otros eran trabajadores y oficinistas del Vedado, o sencillamente vecinos del barrio.

La mayoría enarbolaba tijeras, vociferaban contra esos jóvenes... La actriz Ana Lasalle, de origen español, se encontraba allí, en primera fila. Con una tijera de podar jardines tasajeaba la cabellera suelta sobre los hombros de un muchacho, mientras otra mujer le cortaba por la costura los pantalones *beatlearianos*, por los Beatles, muy odiados por el régimen —era así como se usaba nombrar los pantalones tubitos de moda, ceñidos a los tobillos.

Los insultos llovían, de maricón *p'arriba*, no paraban de caer como piedras en los rostros, como escupidas reales en los cráneos...

Intenté tomar al joven de la cabellera color melaza de la mano, quise halarlo y sacarlo de la turba para salvarlo de aquella ignominia. Pero en eso un tipo me confundió con uno de esos «pepillos», y agarrándome por la cintura me tumbó hacia él...

Otros dos esbirros me sostuvieron por los sobacos, mientras el hombre cortaba mi pelo al rente, dejándome unas cucarachas espantosas... Creyeron, debido a mi vestimenta, que yo era uno de esos amanerados o invertidos, como les llamaban, a los que la revolución debía salvar cortándoles las melenas y reconduciéndolos a obedecer la estricta moral socialista.

Tuve la suerte de que uno de esos policías reconoció en mi rostro a «la niña perversa», pues había sido de los que me habían conducido al hospital-cárcel tras el concierto en la playa de Jaimanitas...

—¡Déjala, Pancho, déjala! ¡No ves que es una muchachita! —Entonces subió la camisa Manhattan hasta mi cuello y mostró mis senos.

Al otro la ira lo cegaba:

—¡Pero entonces ¿por qué cojones va vestida de hombre?! ¡Esta es una tortillera mala, una invertida, una desviada, con ella también hay que acabar! —denostó a todo pulmón.

Me jorobó el brazo hacia la espalda, hizo que me doblara de dolor.

Veía mis mechones en el suelo y no podía creerlo. Lloraba, pero esta vez lloraba de rabia incontenible.

Las patrullas de policía acabaron por llegar. En los autos montaron a todos los jóvenes cuyas ropas habían sido picoteadas y cuyos cráneos se asemejaban a los cráneos de numerosas francesas a las que después de la Segunda Guerra Mundial tuzaron a tijeretazos en las calles de París y de Francia, solo porque se comentaba que algunas habían sido amantes de los alemanes durante la ocupación nazi; las llamaban las putas de los *boches*.

Una vez que descubrieron en la Unidad de policía que yo era una chica y no un «pervertido», y que habían cometido un error conmigo, me autorizaron mediante insultos y alaridos a escapar de allí. No me dieron ninguna excusa, mucho menos me pidieron perdón. ¿Por qué iban a hacerlo si el oficial que me reconoció todavía me recordaba de hacía poco de aquella recogida de jipis?

—¡Que se vaya ya...! —exclamó—. ¡La hemos detenido antes, y ya ha tenido su merecido; no creo que vuelva a las andadas! ¡Si lo hace, sabrá a qué atenerse!

Retuvo mi mirada, también yo fijé la suya. Salí de aquel sitio con ganas de matar.

Caminé sin rumbo. Palpaba mi cabeza a ratos, sentía los huecos, los mechoncitos de cabello que me quedaron, y no podía sentir más que odio.

Entré en un edificio oscuro, parecía abandonado... En el centro del patio crecía un árbol reverdecido; sin embargo, olía a podrido... De pronto reapareciste tú, amor mío. Entonces, todavía en tu inocencia de niño, preguntaste:

—¿Qué ha pasado, qué te hicieron?

—Nunca permitas que te agarren esos bestias... —susurré, mordiéndome los labios.

—Descuida, nunca dejaré que se me acerquen —pronunciaste con voz firme.

Recostada al tronco del árbol cerré los ojos. Fue la primera sensación que tuve del paso del tiempo. Me sentí vieja en un cuerpo joven. Muy vieja y herida.

Dormí allí no sé cuántas horas. Al despertar era entrada la mañana, el resplandor del sol se colaba por un huraco del techo. Tú habías desaparecido otra vez.

En el exterior del solar busqué el camino a casa, sentí un nivel de desorientación también bastante inédito. Monté en una guagua sin pagar, el chofer me soltó cuanto improperio le pasó por la mente, pero seguí hasta el final del bus y sentada clavé la vista en el suelo.

Soy testigo de cómo el odio y la violencia se fue instalando en el alma de los cubanos, un trabajo perfecto de los comunistas. Sin embargo, también pensé en aquel instante que la gente al verme así, tan sucia, sin pelos en la cabeza, con la ropa rota y con aquella cara de perdularia, o de no sabían muy bien de qué, me tomaban por incorregible; el conductor desistió, entonces me olvidaron.

Bajé en una parada que reconocí próxima a la dirección en la que vivía. Acudí a mi casa con la mente confusa. No sabía qué contar a mis viejos.

Atravesé el umbral de la puerta, mi asustada madre se llevó las manos a la cabeza. Descubrí en su rostro ajado las huellas que delataban que había llorado toda la noche. Mi padre se había ausentado, andaba buscándome como un loco por las calles, por las comisarías, por los hospitales de La Habana. Mamá había decidido esperar en casa por si acaso yo regresaba y que al no tener la llave conmigo pudiera entrar sin tener que forzar la puerta.

Me tomó en sus brazos, lloró... Después sirvió limonada en un vaso horrendo comprado en la ferretería por un número de la libreta de racionamiento.

—Vamos, te ayudaré a asearte... —pronunció bajito. En aquella época la gente ya había aprendido a hablar siempre en un tono muchísimo más bajo del habitual.

La palangana con agua fría estaba preparada en el estrecho bañito; mamá sacó la lata de agua caliente del fogón tomándola con dos paños para no quemarse las manos, entibió el agua.

Desvestida entré en la palangana, desnuda permanecí de pie. Ella tiró agua desde la cabeza con el jarrito de metal hasta los pies, enjabonó los cortos y desiguales mechones de mi cabeza, mi cuerpo, restregó con rabia mi piel. Yo sabía que no era una rabia contra mí, sino en contra de los que me habían dañado. Con el agua del jarrito enjuagó mi cabeza y mi cuerpo...

Me alcanzó la toalla, después de secarme fui hacia el cuarto envuelta en ella.

—Acuéstate, trata de dormir —rogó desde el dintel—. Descansa ahora, cuando regrese tu padre comeremos algo... Mañana iremos a la peluquería a ver cómo arreglamos ese horror que te han hecho en el cráneo.

Decidieron no despertarme. Dormí hasta el día siguiente.

Mamá y yo fuimos a la peluquería. La peluquera, amiga nuestra, solo atinó a mirarnos a los ojos.

—No se preocupen, lo solucionaré… —Sus manos temblaban.

Salí de allí con un pelado muy corto y teñida de negro. Naomí, la peluquera, nos dijo que se llamaba *Accattonne*, por un filme italiano de 1961 que habían exhibido en la Cinemateca. Ahora sí que parecía un varón. Aunque en aquel país ya nada era lo que parecía, y casi todo empezaba a parecer lo que no era.

CAPÍTULO «TÓCATE»

El número entre el doce y el catorce nunca se menciona, trae mala suerte, dicen los viejos, que son los que saben. Era día «tócate», que es como los viejos nombran el número innombrable, del mes de mayo de 1975. Esa mañana detuvieron a mi padre, antes de que saliera para el trabajo y después de echarnos la casa abajo durante el registro. No encontraron nada comprometedor ni que lo inculpara, pero de todos modos se lo llevaron.

Durante meses mi madre y yo debimos visitarlo en la cárcel. En las visitas conocí a Désirée Fé y a Yocandra, dos jóvenes cuyos padres también estaban presos. Nos hicimos amigas. Empezamos a salir los fines de semana a algunos fetecunes que se daban en las azoteas de las casas en distintos puntos de la ciudad, inspirados en el concierto de los Beatles en una azotea de Londres en el invierno de 1969.

En verdad no tenía ganas de festejos. La tristeza me embargaba porque creía casi con certeza que a mi padre lo habían encarcelado por mi culpa; iba a las fiestas a despejar, a olvidar... Las tres convinimos en no mencionar nada acerca de nuestros padres encarcelados. Aunque al papá de Yocandra, al tiempo, lo encerraron como un loco más —solo que él no lo estaba— en Mazorra, el hospital psiquiátrico, que para la época se había convertido también en una especie de prisión destinada para desafectos al sistema gobernante.

Mientras Yocandra y Désirée Fe se debatían entre dos amores, dos hombres en las vidas de cada una de ellas, muy distintos en todo, todavía no había conocido al que yo imaginaba que podría ser el gran amor de mi vida.

Gracias a Yocandra volví a localizar el lugar donde vivía Bada, casi escondida. En el pueblo de Cojímar, donde en ocasiones Yocandra y Désirée Fe visitaban a familiares, e iban a divertirse en las playas rocosas del pueblecito de pescadores; de tal suerte encontraron a mi amiga.

Bada nos recibió sorprendida; hablamos poco, pero fue entonces que se enteró de que mi padre también había caído preso.

Los fines de semana, durante el día, nos dirigíamos a la playa, a sus costas refulgentes, nos sumergíamos en las aguas densas y cálidas del océano.

Bada me presentó a varios jóvenes con los que en secreto preparaba una nueva banda. La condición que se habían puesto era cantar en español y que las composiciones vinieran de la creación propia y sin mensajes políticos o que pudieran ser interpretados como tal. La idea no me entusiasmó demasiado, pensé que se trataba de una especie de claudicación; pero como vi a mi amiga tan contenta de nuevo, rechacé cualquier reparo personal.

Poco a poco los compromisos y los novios de mis amigas volvieron a interponerse entre nuestras salidas conjuntas. Quedé sola.

Sola iba al cine, sola al mar, sola lo hacía todo. Sola y sin nadie con quien poder al menos conversar, confiar… Mi amante era el mar… Años después leí un poema bellísimo y visionario de Reinaldo Arenas titulado *Mi amante el mar.* Que dice así:

> «*Sólo el afán de un náufrago podría / remontar este infierno que aborrezco. / Crece mi furia y ante mi furia crezco / y solo junto al mar espero el día*».

Si entonces hubiera tenido ese poema como consuelo, al menos habría hallado otro tipo de fuerza superior, de serenidad dentro de mí. Pero no lo había leído todavía, y no sé siquiera si su autor lo había escrito entonces. Solo viví días iguales uno detrás de otro, monótonos, insoportables; caminaba largos tramos bajo un sol achicharrante, por aquellas playas desoladas y peñascosas, el oleaje como compañía, como única música. Me apabullaban el decaimiento y la desesperación.

En uno de esos crepúsculos reapareció Mijito Frankenstein. Llegó hasta mí nadando, desde el mar, y no sé desde dónde, desde cuál páramo… Se puso a parlotear de esto y de lo otro, de músicos ingleses que solo él conocía y que me descubría, de Lord Byron, su poeta preferido, de su amada hermana muerta o asesinada, ahora resucitada…

—Debieras volver con tus amigas… Sobre todo con ella, con Bada, ella te necesita… Vengo observándote y estás cada día más solitaria, no es bueno… Vuelve con el grupo, esperan por ti… —en su mojado rostro creí entrever dos lagrimones mezclados con las gotas de agua salitrosa que le marcaron las mejillas.

—Todo a su tiempo. ¿Qué sentido le ves a cantar *rock and roll* en español?

—Ninguno, pero ella sí se lo ve y es tu amiga... A lo que no le encuentro ningún sentido es a que anden cada una por su lado, tanto como se necesitan...

—¿Has sabido de Pilzy...?

Hizo un gesto de desdén.

—Una loca singona... Bah, no merece que nos ocupemos de ella —hizo una pausa. Insistió luego—: No desearía que te suceda nada. No quisiera que te hicieran nada malo... Lo de mi hermana fue demasiado traumatizante, lo es y seguirá siendo... Y la que me han devuelto no es mi hermana.

—Vete tranquilo, nada podrán hacer en mi contra... Despreocúpate...

Le tomé las manos, enormes, como unas aletas anfibias, se las besé.

Mijito Frankenstein besó mi frente, pronunció el piropo más hermoso que me han hecho nunca:

—¿Sabías que tienes una frente martiana? Ancha y alta, medidas perfectas las de tu rostro, niña buena...

Al decir esto se dio la vuelta, avanzó hacia el mar desafiante, las olas eran bastante altas en ese momento, y se lanzó de cabeza.

Nadó hacia allá, lejos, muy lejos, hacia el canto del veril, donde desapareció justo en el instante en el que un agujero negro lanzó un alarido como un canto de sirena, pero en masculino, como si un delfín estuviese anunciando la caída de la noche.

Regresé a la vetusta casa de madera, entré por el patio y tomé un baño en la poceta, sequé mi cuerpo a la luz de la luna y el frescor nocturno.

Estrené un vestido que mi prima me había dejado, pues le quedaba pequeño. Era de una tela ligera, de un verde limón, bastante chillón. Decidí entonces asistir a uno de los ensayos de Bada y su nueva banda: Los Bada.

CAPÍTULO XIV

No recuerdo ni una sola de aquellas melodías, quizás la memoria haya querido eliminarlas por mi propio bien. Las imágenes son lo que tengo más nítido, cuando las evoco es como si las viviera de nuevo.

Bada se notaba un poco más llenita, el mar y el sol le sentaban. Aquella tarde llevaba unos pantalones campana bajados a la cadera, una camiseta recortada y el pelo casi a rente del cráneo. El ambiente era siempre el mismo, el de cualquier ensayo clandestino dentro de una barraca en medio de una loma rodeada de árboles.

Bailábamos mucho, todo el día bailábamos y cantábamos, escribíamos poemas y canciones...

Saúl tenía los ojos carmelitas claros, el pelo castaño muy largo, más bajo de la media espalda. Desde que entré a aquel recinto vino hacia mí y se presentó como el mayor, el más viejo de todos. Supe que era también el más sabio. Creo que de verdad lo era. Reía siempre, hacía de todo, no paraba en su actividad de ayudar de un lado para otro al que necesitara de él. Y todos necesitaban de él. Conocía extensos poemas antiguos de memoria, y hasta ensayos de autores y pensadores clásicos, también de memoria.

Nos hicimos muy amigos, diría que fuimos como hermanos. Ambos encontramos en cada uno de nosotros nuestro más fiel confesor y cómplice, esa mitad tan anhelada.

Vivía enamorado de la otra muchacha que cantaba en la banda; se llamaba Nora, tenía los ojos color violeta —«como Elizabeth Taylor», subrayaba Saúl—. Habían mantenido una relación seria, pero ella la había terminado porque quería dedicar enteramente su juventud a la música —eso decía—, y él sufría por aquella joven como jamás he visto padecer a un hombre por una mujer.

Tras mi llegada conseguí aliviar un poco sus cuitas de amor, pues la amistad a la que nos entregamos se convirtió en su mejor bálsamo; una tarde me lo confesaría, cuando le entraba una extraña nostalgia de futuro y se imaginaba sin su hermosa melena, solo con ralos pelos pegados por el sudor a una despejada frente.

La banda nos había dado la tarea a él y a mí de viajar a La Habana a conseguir provisiones de comida y ropa; yo solía cumplir muy bien con los encargos, pues seguí asistiendo a la escuela, pero a él la cosa se le dificultaba. Era oriundo de Cojímar, no le interesaba la capital más que para admirarla, de ningún modo para vivirla. Así que él me avisaba por el bejuco, el teléfono de la vecina, de que estaría tal día en tal calle y yo me dirigía a encontrarlo; juntos forrajeábamos el avituallamiento, barrio a barrio.

Cuca, mi vecina, gritaba desde su balcón:

—¡Niñaaaaa, niñaaaaaaaa, Saúl te interpela al teléfono! —Aquel cómico «te interpela» lo había copiado de un célebre programa radial, reía a carcajadas cada vez que oía aquel reclamo que pretendía parecer refinado.

Aunque Saúl y yo casi siempre nos dábamos cita en la famosa esquina de Prado y Neptuno, en donde quedaba la heladería de los estudiantes del Pre, y la de la famosa canción *La engañadora* —así le llamábamos, podíamos variar para despistar a la policía.

Esa vez Saúl recogía su pelo debajo de una gorra de pelotero con la insignia de Industriales. Sin embargo, iba vestido con un overol de mezclilla... Ambos sabíamos que esa ropa en el país del verde olivo, del gris caqui y del rudo tejido chino, podía traer problemas.

—Estás loco, ¿por qué has venido tan *yumático*? Con ese overol de la Yuma llamaremos demasiado la atención. —La Yuma era como llamábamos a Estados Unidos, por aquella película de 1957: *El tren de las 3 y 10 para Yuma*.

—No tenía otra cosa que ponerme, Flower Lilitú —había decidido llamarme así, aunque conocía mi verdadero nombre, como los demás, por la canción de The Cowsills y por la novia del Maligno—; pues nada, quise enloquecer a unos cuantos en esta maldita ciudad —respondió risueño.

Nos miramos y reímos de manera insolente, lo que provocó comentarios a nuestro alrededor. Solo de mirarnos nos entendíamos y divertíamos, eso nos brindaba confianza.

Nuestra amistad fue un flechazo, nada tuvo que ver el amor como flujo de emanaciones positivas. Solo fuimos verdaderos amigos, de esos de necesitar de nuestras respiraciones para poder existir. Saúl era Bada en su versión masculina.

También era un gran poeta *beatnik*, creo que ni él mismo poseía consciencia de ello; vivía de manera más allá de lo rebelde, escribía rarezas en inglés, idioma que dominaba a la perfección porque su padre le había obligado desde niño a aprenderlo pensando que lo ayudaría en su posterior desarrollo de adulto. No fue así, todo lo contrario. La invasión rusosoviética se interpuso entre el sueño paterno y la realidad, tendríamos que aprender ruso antes que inglés. Prohibieron el inglés, considerado entonces el «idioma imperialista». Décadas más tarde el propio tirano confesó en un vídeo que se habían equivocado en imponer el ruso por encima del inglés... Era ya demasiado tarde, varias generaciones habían sido apresadas y sacrificadas en el intento.

En aquella ocasión necesitábamos cuerdas de guitarras. Para conseguirlas había viajado Saúl a La Habana, debía conducirlo a una librería cuyo librero, además de libros usados, en la parte de atrás del local, vendía de manera clandestina productos inexistentes en las tiendas del Estado a precios de mercado negro.

Subimos a la guagua, un armatoste repleto de gente que nos conduciría a la calle Reina; después de varias paradas logramos ocupar dos asientos, uno al lado del otro.

La gente miraba con recelo a Saúl enfundado en su overol de mezclilla, por dentro una camisa transparente de seda ajustada al cuerpo con pinzas laterales. Hicimos como si las impertinentes miradas no tuvieran que ver con nosotros.

—¿Qué has leído últimamente? —preguntó a mi oído.

—*Burrogs* —por Burroughs—, los poemas de *Burrogs* que me prestaste. Llevo el libro en la mochila, para devolvértelo.

—No se dice *Burrogs*... Se dice Burroughs —corrigió mi acento adecuadamente, sin parecer pretencioso—. Tampoco son poemas, es novela...

—Los leí como poemas... —insistí.

—Es su estilo, que es así, como muy raro —volvió a sonreír con aquellos dientes maravillosos.

—«Prosa poética», lo definió Octavio Paz —murmuré.

—Ah, pero también lees al mexicano reaccionario, ¡a Octavio Paz! ¡Válgame Dios! Cuidado, que ando con una *diversionista ideológica* —se mofó con discreción guiñándome un ojo.

Volvimos a mirarnos y a reírnos como locos.

Viré el rostro hacia el paisaje, observé la ciudad a través de la ventanilla, el aire refrescó mis mejillas. Tenía a un gran amigo a mi lado, qué más podía pedir. En los países totalitarios uno aprende a ser feliz minuto a minuto con lo que de verdad vale.

Entonces creo que te vi pasar, niño mío, ibas montado en una carriola de madera. Creo recordar que eras tú, y esa sola visión completó de manera especial aquel instante de felicidad.

En la librería nos recibió Fermín, el amable y educado librero, especie en extinción de una época de buenos modales que desaparecía a pasos agigantados. Fermín, con sus adorables ojos azules que daban la mejor bienvenida en toda aquella isla, siempre alegre y vivaracho. Invariablemente vestido con guayabera blanca almidonada y bien planchada, cada plieguecillo en su sitio, aunque esa prenda de vestir del cubano de a pie empezaba a ser mal vista por las autoridades del uniforme verde olivo —calificada de anticuada como símbolo de una pasada sociedad denominada decadente, y sustituida por los safaris color caqui, propios de los miembros de la Seguridad del Estado.

Fermín era de los pocos libreros que todavía conservaba con celo tesoros prohibidos, lecturas de antaño, que sabía o intuía a quién debía entregarlos.

—Les tengo algo maravilloso... —Haló una escalera de madera, subido a ella extrajo un libro oculto detrás de otros libros, me lo extendió...

Abrí la primera página. Mis ojos leyeron el verso que haría que me enamorara para toda la vida del poeta que lo escribía: «Dánae teje el tiempo dorado por el Nilo…».

Mi rostro debió mostrar un cambio elocuente, porque Saúl se pegó a mí y releyó en voz alta:

Dánae teje el tiempo dorado por el Nilo,
Envolviendo los labios que pasaban
entre labios y vuelos desligados…

«Poesía completa de José Lezama Lima», leímos en la portada. El poema pertenecía a *Enemigo rumor*, publicado en 1941. Desde dentro de las páginas cayó una banderita cubana de seda. La recogí en el aire, olía a pasado, a antigüedad, el aroma que entonces embrujaba mis sentidos, como el perfume que emanaba de las páginas de aquel libro viejo, prohibido entonces, como el perfume a anís de la calle Muralla, la calle de los telares e imprentas de los judíos.

—Nadie puede saber que yo se los he dado —subrayó Fermín—, estos bestias podrían detenerme y hasta impedir que trabaje en la librería. Una librería que fue de mi propiedad y que ellos me confiscaron. Lo único que me queda es mi trabajo para alimentar dignamente a mi familia…

Hicimos un gesto de que descuidara, como en las veces anteriores guardaríamos el secreto y el libro, una vez leído, se lo devolveríamos.

—¿Y las cuerdas de guitarra? ¿Puede resolvernos eso? —inquirió Saúl.

—Cuerdas de guitarra eléctrica, vaya, vaya, algo difícil en estos tiempos, pero veré qué me queda en mis almacenes privados… —se dirigió hacia el escondite detrás de la librería. Lo seguimos a esa especie de cueva taína—... ¿Conocen el calibre al menos?

Saúl sacó una cajita y se la mostró.

—Creo que algo me queda, sí, algo debo tener...

En efecto, las tenía.

¿Cómo podía alguien en plenos años setenta, en medio del Quinquenio Gris (aunque casi todos los quinquenios han sido grises tirando a negros en aquel país), poseer cuerdas de guitarra eléctrica? Pues sí, él las tenía... De hecho, las guitarras que la banda había vuelto a conseguir, después de que los represores confiscaran los instrumentos, había sido él quien, como un mago, las había sacado, decía, «de debajo de la tierra». Y, literalmente era así, debíamos bajar unas escalerillas de piedra e introducirnos en la húmeda penumbra de unos pasadizos cochambrosos en donde Fermín acumulaba auténticas prendas acopiadas durante años de escasez.

Saúl quiso pagarle, pero él fingió molestia y respondió que no, de ninguna manera, que aquellas cuerdas nadie iba a necesitarlas, y que prefería hacernos el regalo.

Agradecimos pletóricos de euforia; regresamos a la parte delantera de la librería, adquirimos dos o tres poemarios muy breves de aquel papel de bagazo de caña que se deshacía entre los dedos, pero que se vendían muy baratos, a veinte centavos.

Nos despedimos con un abrazo del librero habanero, quien con el tiempo se convertiría en una imborrable leyenda.

CAPÍTULO XV

Pilzy reapareció y quiso que la acompañara a un concierto en una de esas azoteas a punto del derrumbe en La Habana Vieja. La hallé más delgada y ojerosa. Argumentó que se le había quitado el hambre y que apenas dormía, que estaba otra vez enamorada de un tipo ahí.

Como siempre, Pilzy y su eterna manía de enamorarse del primero que llegara, del peor de entre los peores; luego sufría un tiempo, hasta que decidía olvidarlo, y volver a enamorarse, y otra vez lo mismo, en una retahíla de desengaños que la fragilizaban cada vez más.

—Creo que esta noche tocará la banda de Bada... —suspiró—... Por eso iré, porque hace tiempo que no veo a Bada.

—Lo sé, te hemos extrañado, pero preferimos dejar a tu elección que regresaras cuando quisieras. Sí, también sé que hoy están allá, además, voy a servirles de utilera...

—¿Utilera, tú? ¿Utilera de qué? —se estiró desperezándose mientras levantaba los brazos. Reparé en sus axilas muy blancas.

—Sí, ya sabes, por si se desconectara un cable, por si hubiera un problema de sonido, estaré para lo que me necesiten y pueda ayudar...

—Tú eres muy buena amiga, Lilitú Tutú.

—Eres de las pocas que todavía me llama Lilitú Tutú. Saúl me dice Flower Lilitú, o solo Flower.

—Bueno, me he acostumbrado, tu verdadero nombre me gusta más, pero como nunca has querido que te llamen por tu nombre. ¿Quién es ese Saúl?

—Mi mejor amigo. Un tipo sobrenatural...

—¡¿Te metiste con alguien por fin?! ¡Cojoño, qué onda, qué buena onda!

—Noooo, más que eso, enamorada no, hermanada sí...

—Sí, ta bien... —Pilzy chasqueó un huevo en saliva, incrédula.

—Lo conocerás, y me dirás, prepárate para enfrentarte a un ser de otra galaxia.

—¿Ves? Te has cogido y fuerte. ¡*Hermanancia* ni *hermanancia*, ni la cabeza de un guanajo, hazme el favor...!

Horas más tarde nos dirigíamos camino de la calle Obrapía.

Desde aquella vasta azotea de un antiguo palacete español se podía ver la caída de la noche más hermosa de La Habana; el cielo de un oscuro azulado cundido de estrellas parecía que había bajado hacia nosotros.

Al llegar, Pilzy y yo reparamos en los primeros invitados, además de la banda, los más cercanos a la agrupación y a Bada.

Saúl conversaba animadamente con Mijito Frankenstein, este lucía menos deforme que las veces anteriores, su capa negra parecía fundirse en el tejido astral del crepúsculo.

Mijito Frankenstein vino hacia nosotras:

—¿Por qué andas con Pilzy? Es una singona, ya te lo dije una vez, no te conviene... —rio con una carcajada atronadora.

Pilzy le reviró los ojos, para una vez de nuevo en órbita clavar la mirada en Saúl.

—Hola, tú, ¿eres Saúl? Soy Pilzy... —se presentó zalamera.

—Gusto en conocerte Pilzy, Flower me habla siempre de ti... —contestó Saúl muy animado.

—Lilitú Tutú y yo nos queremos cantidad, vaya, nos llevamos... —pronunció la otra con un tono un poco indeciso, aunque atrevido.

—¿Lilitú Tutú solamente? —Saúl me miró interrogante.

—Bueno, también me dicen así, lo sabes. Aunque prefiero que tú me llames Flower, o como te dé la gana... —Hice un gesto de desinterés y me di la vuelta, acudí a saludar a Bada y a sus músicos.

Ella y yo nos enlazamos con cariño. Agradeció mi presencia de manera efusiva. Enseguida propuse mi ayuda y manos a la obra. Bada me pasó un cable y estuve entretenida un buen rato buscando el otro que iría enganchado a esa punta. Cargué en peso unos bafles; después verifiqué el maquillaje de Bada, sequé con una servilleta gotitas de sudor en su frente, ajusté la ropa al cuerpo cosiéndole un pliegue por detrás, esparcí brillito plateado en sus párpados. Tomé distancia, convencida de que lucía *mortal*, especialmente hermosa.

La gente empezó a subir por montones a la azotea. Al poco rato, la música atesoró la magia nocturna. Vi a Saúl bailar con Pilzy, muy en el fondo sentí celos.

Pilzy sufría por un hombre y Saúl por una mujer. En apariencia yo estaba metida en el medio, sobraba. Esos dos podían iniciar algo entre ellos, y tal vez apartarme...

Saúl llevaba como cada vez que podía la melena alborotada, ahora más larga; dejaron de bailar y él se alejó, fumaba recostado al muro, Pilzy vino a mi encuentro.

—Te lo dije, que te iría a gustar —murmuré en su oído.

—No, es demasiado bonito. Sabes que me vuelven loca los feos. Aunque debo reconocer que es una monada de gente, un encanto de tipo... Ve a acompañarlo, en lo que yo encuentro a Mijito Frankenstein y le pido explicaciones por eso de llamarme «singona»...

—¿No lo eres...? Lo eres, sabes que sí lo eres...

Ambas nos reímos antes de zafarnos de las manos, e ir en sentido contrario; dirigí mis pasos hacia Saúl.

Pegada a él, coloqué la cabeza en su hombro. Bada cantaba... La melodía y su voz fluían hacia lo alto como en uno de esos actos más genuinos de consagración del verano. Podíamos incluso sentirnos felices... Pero no, Bada no cantaba en español, lo hacía en inglés.

—Está loca, no debiera cantar en el «idioma imperialista»...

—Saúl estalló en una risa contagiosa, y nerviosa; por aquellos tiempos reír de forma escandalosa de casi todo era nuestra mejor arma, un acto contestatario *per se*. «Idioma imperialista», era así como nuestros perseguidores llamaban a la lengua de Shakespeare.

A Bada *Barracuda*, de Heart, le iba bien. La canción refrescaba su voz, la propulsaba a una soltura menos sobrecargada y torcida que empezaba a imponerse en el ambiente de la Jipangá habanera; tal vez banalizaba bastante el movimiento *rockero*, lo que no agradaba para nada a Saúl.

Sin embargo, lo que menos agradó a Saúl fue observar que unos tipos con atuendos raros hacían entrada por la ventanilla de la azotea, se quedaban detrás del tumulto, como estudiando lo que allí sucedía.

—¿Los conoces? —inquirí desconfiada.

—Ni la menor idea de quiénes puedan ser, pero mi intuición me alerta de que nos traerán problemas. Mejor no nos movemos de nuestros sitios y actuamos como si nada, como si no hubiésemos reparado en ellos.

Hubo tiempo para que Los Bada cantaran un par de canciones más, el tiempo justo para que desembarcara la policía y cargara con la mitad de los jóvenes que allí habían ido únicamente a divertirse, a oír una música distinta, la no oficial. Música prohibida. ¿«Música para camaleones», que diría Truman Capote? ¿O música para semidioses? Esto último probablemente. Al final no fuimos más que resistentes, valientes que renacíamos después de cada acto represivo, y con mayor vehemencia desde el impulso vital lógico de la juventud.

Pero, en aquella ocasión, no nos llevaron detenidas ni a mí ni a Bada. Mijito Frankenstein había desaparecido junto con Pilzy, antes de la recogida, según nos explicó alguien que los había visto salir mientras discutían.

No, esa vez solo recogieron a los muchachos.

Lo último que vi fue la intensa mirada de Saúl, su melena agitada entre unas oscuras garras…

Por sus gestos tenaces, pude presentir que no iba con miedo, que esta vez el terror de ningún modo mellaría su espíritu.

CAPÍTULO XVI

«Querida Flower, hermana mía...». Así empezaba la carta de Saúl desde el Combinado del Este, prisión de máxima seguridad, a donde su abuelo lo había ido a ver en una de las raras visitas que autorizaron a la familia. Simón, el abuelo de Saúl, consiguió introducirse el papel enrollado y envuelto en un plástico en el conducto anal, en un momento en que le dejaron ir al baño, por ser un anciano pudo obtener la autorización; de tal modo logró sacar la carta de su nieto dirigida a mí.

Después, de esa carta apenas se entendía gran cosa, pues estaba escrita en inglés. Decidí ir a buscar a Bada para que me ayudara a descifrar lo que estaba casi segura de que sería un mensaje cifrado.

En efecto, sentadas en el muro del Malecón, frente a ese animal denso y azul que ondula y baña las reverberantes costas de la bahía habanera, leímos la misiva, varias veces, sin entender «ni papa», como decía Bada.

Hasta que una frase hizo que mi amiga empezara a tararear lo que adivinamos sería el título de una canción de Led Zeppelin. Entrelazamos las manos, ¡sí, acertamos!... Cada frase era el título o un fragmento de canción de Led Zeppelin, de su banda de *rock* predilecta, y a través de ellas Saúl nos narraba su infierno, lo que su abuelo no nos había contado porque probablemente Saúl no deseaba que el anciano supiera por lo que le estaban obligando a pasar.

... trampled under foot-in my time of dying-sick again-dazed and confused-no quarter-the battle of evermore-gallow's pole-when the levee breaks-the rover-over the hills and far away-the ocean-that's the way-going to California-stairways to heaven-night flight-ramble on-babe I'm gonna leave you-your time is gonna come-the song remains the same-thank you-friends-whole lotta love...

... pisoteado-en la hora de mi muerte-asqueado otra vez-aturdido y confuso-no hay reposo-la batalla para siempre- cadalso-cuando el dique se rompa-el caminante-sobre las colinas y mas allá-el océano-ese es el camino-yendo a California-escaleras al paraíso-vuelo nocturno-anda-querida voy a dejarte-tu momento te llegará-la canción sigue igual-gracias-amigos-un montón de amor...

No más llegó a la cárcel le raparon la cabeza, cortaron al rente su hermosa cabellera, afeitaron su cráneo. Enseguida lo condujeron por varios aros que, estructurados en forma de corredores, circulaban la prisión, tuvo la sensación de que pasaban en innumerables ocasiones por el mismo lugar, buscaban marearlo; luego, lo aislaron en una estrecha y húmeda celda.

La comida era una porquería, intragable hasta para los cerdos. El calor insoportable, mosquitos y ratas no lo dejaban dormir. Debía hacer sus necesidades en un hueco tupido de excrementos en el interior del cuartucho, de apenas un metro y medio por un metro y medio. La cama dura, de cemento, con una colchoneta muy delgada, usada, apestosa a sudor ajeno. En semejantes condiciones debía esperar el día del juicio, había sido acusado de *diversionismo* ideológico, lo que todavía él no sabía a ciencia cierta lo que suponía o quería decir; sería por vestir ropa proveniente del extranjero, por llevar pelo largo, por oír música en idioma enemigo: el inglés…

A esa altura de la lectura, comprendimos que varias serían las razones entonces por las que había elegido canciones en inglés para escribir a escondidas esa misiva: primero, para que su abuelo no supiera lo que estaba padeciendo allí dentro; segundo, por rebeldía, porque adoptar aquel idioma como forma de escritura era la única libertad física y real que le quedaba.

Había sido golpeado, torturado psíquica y físicamente, pero eso no era lo peor. Había sido violado por dos guardias, con unos instrumentos metálicos antes de que introdujeran en él sus miembros…

Tal fue la rabia que sentí cuando llegamos a esa parte de la carta que quise, no sé… lanzarme al mar, nadar hasta la fatiga última, ahogarme, desaparecer en el fondo anegado de brea… Bada apretó los párpados, aquello evocaba dolorosamente las torturas que ella había sufrido a manos de sus verdugos.

Hacia el final, pudimos desentrañar y traducir que a Saúl lo mandarían como carne de cañón, en caso de que se portara bien y de que fuera juzgado *levemente*, a la guerra que ya empezaban a inventarse y a anunciar, en Angola.

Bada, Pilzy y yo, acompañadas del abuelo Simón, intentamos visitar en la cárcel a nuestro amigo; no nos lo permitieron. Saúl cumplió un año y medio encerrado la mayor parte del tiempo en una celda tapiada; de ahí lo zumbaron a la guerra en un paraje olvidado angoleño.

Durante esos años, vivimos como podíamos nuestra adolescencia y juventud. Estudiábamos más o menos, amamos más o menos, oíamos todo el *rock* y el metal posible de manera clandestina. No nos preocupaba el futuro, porque creíamos que iríamos a morir antes invadidos y exterminados por los soviéticos, o bombardeados por los norteamericanos. Lo primero sí ocurrió, lo segundo nunca llegó a suceder.

De vez en cuando a Bada la invitaban a cantar con su banda Los Bada de forma también semiclandestina, pero siempre que fuera en español. Debía ir correctamente vestida, según los cánones impuestos por la disciplina reglamentada por ellos. Bada adoptó, al igual que yo, el color negro. Parecíamos dos manchas de alquitrán en medio de la noche. Tal vez intentábamos igualar esa mancha cada vez más emborronada en la que se iba convirtiendo la imagen de Saúl.

El Conde, de Almas Trepidantes, había creado otra banda, el resto se había dispersado. El Conde terminaría por irse del país hacia Estados Unidos, como tantos otros. Charlie Tellier y Mijito Frankenstein reaparecieron en nuestras vidas para insuflarnos de nuevo un cierto deseo o entusiasmo, algo también censurado en aquel país donde nos encontrábamos tan solos. Mijito Frankenstein en realidad nunca se había apartado del todo, pero a veces emprendía vuelo y no regresaba hasta dentro de varias semanas.

Entonces también quise aprender a volar, tú y yo, con nuestras diferencias de edades intentábamos lo mismo: volar. Tú fumabas hierba desde una colina, amor mío, y yo consumía puñados de pastillas.

Bada volaba mientras cantaba, Pilzy volaba mientras singaba, o sea mientras follaba, yo volaba mientras leía, escribía, completamente empastillada con trifluoperazina o lo que hubiera como narcóticos, que me sacara de aquel sopor totalitario y me introdujera en otro sopor libertario, aunque incapaz de realizar.

Charlie Tellier había conseguido que le prestaran una casa en la playa de Guanabo, bastante oculta entre la maleza, aislada. El casón era muy grande. Los fines de semana nos reuníamos allí, soltábamos nuestras recogidas melenas, atrevidos, medio desnudos, volábamos bajo los efectos de la música prohibida, de las palabras censuradas, de la vida proscripta. Temíamos porque sabíamos que en cualquier momento vendrían a buscarnos para desaparecernos. Pero, así y todo, ansiábamos actuar sin demasiada cautela.

CAPÍTULO XVII

Un sábado, mientras preparábamos el concierto de la noche, y tomábamos un descanso, sentadas Bada y yo en el portal de la casa de Guanabo, percibimos a lo lejos la figura que se aproximaba de un anciano. Era Simón, el abuelo de Saúl, al que le habíamos dejado la dirección para que nos localizara o nos visitara cuando quisiera. Nos alegramos de verle y corrimos a su encuentro.

Antes de que llegáramos a él, se detuvo en seco, hacía mucho calor y con el dorso de la mano cortó el sudor de su frente, fue cuando advertimos que también lloraba. Nos abrazamos los tres…

—¡Mi niño, ay, mi nieto! ¡¿Por qué, Dios mío?! ¡Por favor, no puede ser verdad…! —entrelazó nuestras manos de manera desesperada.

El cuerpo se me hizo un nudo, Bada se derrumbó en la tierra, y empezó a llorar con unos quejidos de bestia moribunda que me sacaron de quicio…

No pude llorar, sentí mucha rabia, yo en lugar de llorar quería, necesitaba matar. Anhelaba poseer una ametralladora para matarlos a todos, para eliminarlos de una puta vez, para aniquilar a todos esos que tanto daño nos habían hecho.

Nos dirigimos al interior de la casa. Brindé un vaso con agua fresca al anciano. Bada no paraba de jeremiquear. Simón bebió sediento, secó las lágrimas de sus ojos y por fin pudo ponernos al día…

—Saúl cayó en una emboscada tendida por el enemigo. Una bomba, o explosivos… Explotó junto a otros cuatro jóvenes que iban en un *jeep* hacia un combate, lejos de su campamento. No quedó nada de él, mi pobre niño, nada de él…

«No quedó nada de él», esa frase retumbaba en mis tímpanos, *nada de él*, nada como no fuera la falsa solemnidad con la que dieron la noticia a sus familiares.

Aquel mismo día el régimen había declarado oficialmente abiertos los festejos de los carnavales en La Habana. Simón decidió quedarse allí aquella noche para evitar las posibles borracheras y trifulcas de los carnavaleros.

Creímos por un momento que debíamos interrumpir el concierto, pero Bada, aunque había quedado ronca de tanto llorar, y Charlie Tellier abrumado, ambos decidieron que de ninguna manera lo cancelarían, entonces concluimos en que honraríamos a Saúl cantándole a su vida… A la breve vida de nuestro amado amigo, también líder de la Jipangá, el hombre más bello que conocí, el más libre y el más espiritual.

Mijito Frankenstein revoloteó por encima de los árboles, de un ala de su capa venías tú reguindado, amor mío. Eras ya un jovenzuelo, aunque seis años menor que yo, todavía fruta prohibida porque, aunque podíamos, mientras tú te fijabas en mí, yo solo podía concentrarme en ese hondo dolor que perforaba cruda, cruelmente, mis entrañas; no poseía más pensamiento que para la fatal ausencia de mi mejor amigo, la soledad que me deparaba eternamente el destino.

Mis ojos, sin embargo, permanecieron secos. Mis ojos se secaron todos estos largos años. Hasta que hoy, por fin, mientras escribo estas líneas, las lágrimas rodaron por mi cara, cayeron encima de mis manos y del teclado.

Sin embargo, seguí mientras tecleo recuerdos, como si accionara el gatillo de esa ametralladora, como si pudiera por fin vengarme, y de ese modo alcanzar una cierta idea o ilusión de libertad, sigo matándolos a todos.

Bada cantó aquella noche como una diosa, dedicó el concierto a Saúl. El abuelo por fin esbozó una sonrisa de agradecimiento, la melodía iba transformando su rostro como si su nieto volviera a la vida en cada fracción musical.

Las melenas ondearon como banderas, los torsos se retorcieron en una dulce danza libertaria, coreamos las canciones, y nos atrevimos a cantarlas en inglés. Fue una hermosa velada, pese a que sabíamos que no tendríamos nunca más a Saúl de vuelta.

El abuelo me tomó por el brazo, quiso preguntarme cosas a solas en el patio:

—¿Fue por esto que prendieron a mi nieto? ¿Fue solo por esto que sacrificaron a Saulito? ¿Por ser jóvenes y amar la vida es que hacen estas barbaridades...? —se llevó las manos al rostro—. ¡Dios bendito, y yo que creí en esta revolución, y yo que la defendí...!

Lo abracé en silencio. Mijito Frankenstein se nos acercó y nos amparó bajo su capa negra.

Salí de allí, de debajo de la capa, y caminé hacia la foresta.

La foresta se fue convirtiendo en manigua a medida que avanzaba hacia un reflejo del claro de luna llena en la espesura. Allí estabas tú, amor mío. Fumabas, con tu melena acaracolada que cubría tu espalda... Recordé la melena de mi amigo asesinado...

—¿Qué haces aquí? —inquirí nerviosa.

—Lo mismo que tú —respondiste, encogiéndote de hombros.

—He venido a intentar llorar, y que nadie me vea haciéndolo…

—¿De qué coño vale llorar? No llores nunca.

—¿Quién eres? —quise averiguar, porque no parecías real, y en efecto no lo eras.

—Tu hombre imaginario, al que encontrarás en el futuro… —Esas palabras me dieron tremenda risa, con esos tintes alardosamente proféticos, si no fuera por lo triste que estaba habría soltado una estruendosa carcajada.

—¿Y tú, a qué has venido entonces…?

—A lo mismo que tú, te repito, a contemplar la luna…

Alcé la vista al cielo. La luna relucía redonda y brillante, junto a ella titilaba un lucero, lo bauticé con el nombre de Saúl, quedé bastante rato con la mirada fija en la luna y en ese lucero.

Al bajar los ojos, te busqué, pero habías desaparecido.

CAPÍTULO XVIII

Diciembre de 1989

En La Habana nunca hace frío, la publicidad indicaba que «Cuba es un eterno verano», y no se puede afirmar que sea de otra forma. Sin embargo, aquel diciembre, a finales de mes, fue notable por sus bajas temperaturas. Yo trabajaba entonces como dialoguista de guiones en el Instituto del Cine (ICAIC, el chiste rezaba «icaigoaquí icaigoallá»), contaba con nuevas amistades, y mi vida había mutado de un estado perenne de rebeldía a una abulia y aburrimiento inaguantables.

Casi todas mis viejas amistades, las de mi adolescencia y primera juventud, se encontraban ausentes o perdidas en la inexistencia o, mejor dicho, en el éter de la desmemoria. Mis padres envejecían separados, mi padre exiliado en New Jersey, mi madre *inxiliada*, o sea, exiliada dentro de su propio país.

Charlie Tellier decidió apartarse y encerrarse a escribir libros que nunca publicaría, y a estudiar la Biblia. Pilzy se casó con un dirigente comunista que la preñó y la hizo madre como diez veces y anciana antes de tiempo. Bada se había largado del país en el año ochenta, cuando Mariel; por cartas cada vez más esporádicas me contaba que gozaba de un cierto éxito como *rockera*, me alegraba mucho por ella; el Conde también se había pirado antes, y el resto de las bandas igualmente. Mijito Frankenstein murió, decían que tuberculoso, otros aseguraban que envenenado por un suero anestésico durante una cirugía estética, lo cierto es que desde que lo conocí vivía también aquejado de unas extrañas fiebres...

A los jipis y frikis que quedaron los oficializaron lo máximo que pudieron, concentrados y obligados a retorcerse miméticos en el Patio de María, el único lugar donde permisivamente se podía oír algo de la antigua Jipangá.

Preferí tomar distancia, esperar mi momento, si es que este llegaría alguna vez... A altas horas de la noche escribía acerca de mi abulia y presión cotidianas, cada versión más absurda que la anterior.

El tiempo transcurría, y no sé si las veces que amé me habían amado de verdad, si yo había amado sinceramente, porque la ausencia de mis seres queridos, familiares o no, me lo impedía, tal como yo creía que se debía amar, con entereza y entrega.

Saúl había sido castigado y asesinado. Sin embargo, por hacer lo que él había hecho, ahora se entregaban premios, pomposamente titulados Girasoles de Opina, o con títulos parecidos, a cuál más ridículo.

Había conservado la amistad con un primo de Saúl. Me dirigía a su casa porque el abuelo Simón había fallecido hacía una semana, y según el hombre tenía algo importante que confiarme.

Al hablarle presentí su urgencia y particular angustia, entonces colgué el auricular del teléfono de la oficina, di una excusa, me despedí hasta la mañana siguiente; pocos advirtieron mi salida, no estaban para mí ni para nadie, solo idos cual autómatas, entretenidos en cómo resolver lo que cenarían en la noche, si es que encontraban algo que comer.

Caminé kilómetros hasta llegar a la casa del primo de Saúl. Las guaguas brillaban por su ausencia, el transporte estaba peor que nunca.

Subí las escaleras, cuatro pisos, y por fin toqué a la puerta. Abrió el hombre. Sumamente flaco, parecía nervioso.

Joaquín me invitó a una limonada, acepté, estaba sedienta y cansada, los pies doloridos. Bebí, sentada en un raído butacón; mi vista perdida consiguió fijarse en una caja con un cristal encima, sellada con un escudo.

—Abuelo la recibió el 7 de diciembre, eso, la caja... —su voz sonó vacilante mientras con la mirada señalaba el mismo objeto que había llamado mi atención—... Desde entonces no durmió ni comió más, hasta que cerró los ojos para no volver a abrirlos... En el homenaje a los combatientes de Angola le dijeron que eran las cenizas de Saulito, mi primo. Creo que Abuelo no pudo soportarlo...

No supe qué responder. Coloqué el vaso ya vacío encima de una mesita junto al butacón, fui hasta la urna construida en forma de caja grosera, posé mi mano encima.

—¿Crees que son de verdad las cenizas de Saúl? —El comunismo te obliga a desconfiar siempre.

—No sé, de hecho, ellos dijeron que habían recogido allá los restos anónimos de los soldados sin nombres, abatidos en Angola... Hicieron un acto simbólico, entregaron esas cajas, unas diez mil. Me imagino que al igual que yo lo habrás leído en el *Granma*...

Asentí, había leído en el periódico la noticia, pero no quise pensar demasiado en ello. ¿Diez mil, o más...? Se calculaba que habían sido alrededor de cincuenta mil jóvenes muertos en una guerra que nada tenía que ver con los cubanos.

—¿Abrieron la caja? —inquirí con voz temblorosa.

Negó con la cabeza.

—El problema es que yo también me largo de esta mierda, y no quiero dejar a Saúl, digo, sus cenizas, con nadie, y he pensado en ti para que las guardes, o hagas con ellas lo que tú creas...

—¿Y por qué no lo haces tú antes de marcharte?

—No tengo el valor, perdóname. No tengo valor, soy un cobarde... —Joaquín lloró acurrucado en mi hombro.

La rabia me invadió. Sin embargo, acepté la encomienda. Guardé la caja en una bolsa de nailon que él me ofreció y hui de allí disparada con ella hacia el Malecón.

Al llegar al muro del Malecón, después de caminar kilómetros cargando la pesada caja, con los pies ampollados, me senté en el muro, junto al paquete en el que se suponía contenía a Saúl. Caía el crepúsculo, esperé a que anocheciera.

Desde el mar llegaba el olor intenso a resina, el paisaje solamente iluminado por el esplendor de la noche estrellada. El chasquido retumbó en las aguas, rompiendo el silencio nocturno.

Me aseguré de apuntar bien lejos, hacia la ola más encumbrada y distante, la más espumosa, y lancé con todas mis fuerzas:

—Viaja, Saúl, vete de esta mierda de isla pa la Yuma, lárgate y descarga lo tuyo allá con Bada... —musité.

Contemplé aquel bulto moverse entre el oleaje, hasta que desapareció de mi campo visual. Volví a casa sintiéndome más sola y desamparada que nunca. Recordé entonces aquella respuesta que me dio Saúl cuando le pregunté cómo se sentía, al verlo tan triste:

—Cual semidiós vencido, Flower Lilitú... —sonrió tímido, y repitió—: Sí, cual semidiós vencido, y con tremendas ganas de descubrir, si pudiera, el último disco de los Rolling Stones. ¡Qué suerte tuvieron tú y Bada de oírlo...!

Descubrir, descubrir, vivíamos en una isla donde descubrir también era otro verbo prohibido. Quién se lo hubiera dicho al ilustre navegante Cristóbal Colón.

EPÍLOGO

CAPÍTULO XIX

Escapar fue difícil. Lo hice a través de un montón de páginas escritas, en ocasiones emborronadas y luego rotas y vueltas a escribir. Sería largo de contar, además ya lo hice en varias historias anteriores... Escapar fue como penetrar en un cuadro en el que se ve representado un camino; debí avanzar por él, acudir a una cita sin tener la menor idea de con quién y en dónde, tal como soñaba en mi adolescencia.

El 14 de abril del 2017, niño mío, me preguntaste mediante un mensaje en las redes sociales si lo que yo te decía podía interpretarse como el inicio de una relación amorosa. Respondí que sí... No te lo podías creer, «¡no me lo creo!», exclamaste eufórico. Yo aún menos... Pero echemos la cinta hacia atrás, veamos la película desde un poco antes...

Me hallaba en París, tú en Miami. Recién había descubierto tu rostro en una imagen televisiva, el día en que por fin se murió la Bestia, se partió el tirano... Te entrevistaban en un canal americano por haber pertenecido a un grupo opositor y a la banda de jóvenes *rockeros*, de frikis prohibidos en Cuba. Vestías una camiseta negra con el logo de tu banda preferida en la pechera, llevabas el pelo por los hombros, y te veías feliz. Por fin un friki feliz, me dije, sonreí contagiada con tu sonrisa en la pantalla.

Oí con atención lo que contestabas cuando el periodista extendió el micrófono hacia ti y te preguntó por tus sentimientos: «¡Coño, se partió la Bestia, un día para volver a nacer!».

La cámara hizo un *zoom* sobre tu cara bronceada por el sol, luego a tu mirada, entonces te reconocí: no podías ser otro que aquel niño que nos perseguía a todas partes, y después aquel adolescente con el que, la noche en la que me enteré de la muerte de Saúl, contemplé la luna, el que se ofreció profético como mi *hombre imaginario, destinado lentamente...* Tus facciones también coincidían con la foto de alguien que desde hacía algún tiempo me escribía mensajes entre atrevidos e impacientes a través de las redes sociales. Por fin caí en la cuenta, sí, eras el mismo, aquel y este coincidían... De tal suerte empezó nuestra historia de amor.

Oíamos a dúo y en la distancia el último disco de Porcupine Tree, o el de Tool. Nos dimos probable cita en un futuro, allá en Miami, o en París, sin precisarlo demasiado en fechas. Tras un breve viaje mío por Estambul caí a verte, en los Roads, llegué casi sorpresivamente. Nos besamos en el elevador hacia el piso octavo.

Esa misma noche quisiste presentarme a tus amigos, todos frikis viejos, como tú les llamabas, sobrevivientes de la Jipangá y la Frikancia. Me invitaste al Cagneys, donde nos esperaban Neill, Freddy, Iris, entre otros... Una vez allí susurraste:

—Hoy cantará una tipa que tiene una voz increíble, la banda de esta noche está volá, pasá... Te gustará, mami.

Conocí a tus amigos; mientras nos reíamos de tus cosas, de tus chistes cáusticos, hice una pausa interior, en ese momento pasaron también mis amigos por mi mente...

Evoqué a Bada, a la que desde hacía un tiempo le había perdido la pista; no sabía si seguía en Estados Unidos, o si por fin se había mudado a la Isla del Encanto, Puerto Rico. Bada y sus constantes mudanzas, todas pendientes de sus conciertos y de sus locuras amorosas, pensé.

La banda inició un ritual melodioso entre aplausos, potentes luces perforaron la cálida penumbra del lugar, mis sentidos retornaron de súbito a una época a la que había elegido no acercarme ni con el más mínimo de los arrepentimientos, tan dolorosos eran...

Trajiste cerveza para los demás y dos maltas, para ti y para mí, no bebes alcohol, yo tampoco. Sorbí a pico la sabrosa malta, cerré los ojos; la música me transportó a aquellas fiestas de la Jipangá, éramos tan niños, y ya tan perseguidos y fatigados, huíamos hacia los lugares más improbables de La Habana: patios privados, parajes desiertos y abandonados, cines desahuciados, azoteas a punto del derrumbe...

Entonces creí oír una voz familiar, muy parecida a la de Janis Joplin, aunque madura; abrí los ojos no sin cierto temor de equivocarme, de que no fuera ella, de que la inoportuna realidad volviera a engañarme...

En el centro del escenario, agarrada del micrófono como siempre lo hacía, con el dedo meñique flotando en el aire, como si agarrara una fina taza de porcelana inglesa, enfundada toda en negro, con un *jean* de cuero muy ajustado a sus largas y finas piernas, Bada entonaba aquella canción que Saúl tanto hubiera querido descubrir del disco de los Rolling Stones, *As tears go by*...

It is the evening of the day
I sit and watch the children play
Smiling faces I can see
But not for me
I sit and watch
As tears go by...

«Es el atardecer del día, me siento y observo a los niños jugar, caras sonrientes puedo ver, pero no por mí, me siento y observo, mientras las lágrimas caen. Mi riqueza no puede comprarlo todo, quiero escuchar a los niños cantar...». Recordé que así habíamos traducido la canción en memoria de Saúl, antes de que Bada y yo nos despidiéramos para siempre, en la víspera de su partida por el puerto de Mariel, en un éxodo de más de ciento veinte mil cubanos.

¿Para siempre? No, por fin algo en mi vida no era definitivamente triste. Y mucho menos para siempre.

CAPÍTULO XX

Durante todos estos años, mi querida Flower Lilitú, mi hermana Eva, porque ese es al fin tu nombre real, no he podido dejar de pensar en nuestra juventud.

Dios sabe que mi juventud, al igual que la tuya, la de todos en nuestro grupo de amigos, con todas sus asperezas e ingratitudes, ha sido la fuerza motriz a la que he recurrido y que me ha asistido para que pudiera aguantar este largo exilio, con sus desolaciones, y hasta con sus revanchismos, porque en esta carrera de rockera, de artista rebelde, desde todas partes surgen a diario enemigos con la intención de acabar con nosotras, Sí, porque molestamos como creadoras, y todavía más como exiliadas cubanas.

Ser mujer y rockera no ha sido fácil, lo supe siempre. Ser cubana y rockera todavía ha sido más difícil, allá (qué duda cabe) y aquí; en algunos momentos ha sido devastador.

Ser cubana y defender la libertad es para algunos como un oxímoron, porque siendo cubana ya solamente debieras estar situada del lado en el que los otros suponen que se encuentra la verdad, y donde solamente han existido la mentira y el crimen. No es un reproche, es una constatación amarga, pudiera añadir que hasta cruel.

Me ha encantado encontrarte, abrazarte, que me contaras que tienes una hija maravillosa, digna de nuestra época, y que vives, como cuando te conocí, para la poesía, la libertad y el amor.

No tuve hijos, Dios no lo permitió, también he cargado con eso, aunque hoy es una carga menos pesada. Sin embargo, me habría gustado tener muchos hijos, que hubieran salido parecidos a como fuimos nosotras de niñas, adolescentes y jóvenes...

Me habría gustado tener un hijo como Mijito Frankenstein, con toda su deformidad, o como el Conde, tan lleno de esperanzas, o como el Charlie Tellier, tan loco y resistente. Pero por encima de todo habría adorado que saliese como Saúl. Un hijo como Saúl: valiente, cultivado, bello, y heroico.

Te quiero, hermana mía, Eva, hija de María, madre de Jesús, y de Aphra Bern, de las primeras feministas, de las de verdad.

Tu Bada.

Recibí esta carta de Bada meses más tarde, en París. No llegó por correos, fue entregada en mano, de la mano tuya, mi amado friki viejo, antiguo niño, mi salvador.

Agradecimientos

Además de los nombres y menciones en la dedicatoria del principio, debo dar las gracias a las personas que aparecen en esta novela bajo identidades verdaderas o cambiadas, dependiendo de las circunstancias personales de cada cual. Y, por supuesto, agradezco también a los ausentes, sin nombrarlos, por pudor y lealtad.

Cómo no, además quiero dar las gracias a aquellos que la leyeron en su primera versión: Félix Antonio Rojas, Lázaro Veguilla, Justo Ángel Ruiz Malherbe, Alejandro González Acosta, DelCastillo, y Regis Iglesias Ramírez, y al gran Sherpa, que me inició hace tiempo en el amor por el *rock* español, cuya compañía y amistad me honran.

Gracias, por último, a mi agente literario Eduardo Melón Vallat, él sabe el porqué.

Zoé Valdés
París/Quincy-sous-Sénart, abril de 2018/julio de 2022.

Breve semblanza de Zoé Valdés

Zoé Valdés, La Habana, 2 de mayo de 1959, es escritora, cineasta y artista plástica. Ha realizado una obra literaria (poética, narrativa, guionista, realizadora y productora de cine) y periodística durante más de cuarenta años, dedicada a la defensa de los derechos humanos en su país, Cuba, y en el mundo. Es también una defensora de la libertad de Cuba y de un cambio democrático en la isla en el que participen todos los cubanos, de dentro del país y del exilio, haciendo hincapié en la importancia de la participación primordial de los protagonistas de todas las generaciones que desde el exilio se han enfrentado en contra de la tiranía comunista dentro y fuera de Cuba. Inspiración que ella encuentra en la propia historia de Cuba, esencialmente en la figura de José Martí, que desde su exilio entregó su vida y su obra al combate por la independencia.

En su exilio en Francia ha homenajeado a artistas, cineastas, periodistas y escritores cubanos vetados y censurados por el totalitarismo castrista. También organizó y organiza manifestaciones en Francia y en Europa en apoyo a una parte de la oposición interna cubana y del exilio. Solidarizada además con personas de otras partes del mundo en su lucha por la libertad de expresión en países tales como Paquistán, Haití, Viet-Nam, Birmania, Irán, Siria o China.

Zoé Valdés debió exiliarse en Francia en 1995 por el mero hecho de haber escrito una novela, *La nada cotidiana*, en la que denunciaba el régimen de los hermanos Fidel y Raúl Castro. Desde entonces su obra ha estado dedicada a esclarecer la verdad acerca del totalitarismo castro-comunista, no sólo en Cuba, también su injerencia en África, Granada, Venezuela, Argentina, Brasil, El Salvador, Nicaragua, Ecuador y Bolivia.

La autora de *Todo para una sombra* (accésit Carlos Ortiz de Poesía), *Sangre azul* (primera novela), *La nada cotidiana* (traducida a cuarenta y tres idiomas), *Te di la vida entera* (Finalista del Planeta, traducida a más de veinte idiomas), *Lobas de mar* (Premio Novela Histórica Fernando Lara), *La eternidad del instante* (Premio Torrevieja de Novela), *La Ficción Fidel* (retrato del tirano cubano), *Querido primer novio* (los campos de trabajo agrícola para niños y adolescentes) es una de las voces más potentes escuchadas en el mundo entero a favor de los Derechos Humanos en su país y en el resto del mundo. Ha publicado siete poemarios en español, francés, italiano, e inglés. Premio Azorín 2013 con su novela *La mujer que llora*, recién ganó el Premio Jaén de Novela (2019) con *La Casa del Placer*. Su novela *Pájaro lindo de la madrugá* (acerca de Fulgencio Batista y Zaldívar) ha sido publicada en España y en Francia (2019-2020), donde también publicó *Un amour grec* (Arthaud, 2021).

Fue profesora y conferencista invitada de prestigiosas universidades: La Sorbonne, Harvard, FIU, Donahue, Wisconsin, Los Ángeles, Queen Mary, entre otras. Ha sido invitada de honor de numerosas Ferias y Salones del Libro: Bruselas, Limoges, Var, Santo Domingo, Paratchy en Brasil, etc. Ha trabajado en los centros culturales de las favelas de Río de Janeiro, en Brasil. Ostenta el Premio Carbet de la Martinique et la Guadeloupe.

Es Doctor Honoris Causa de la Universidad de Valenciennes, Chévalier des Arts et des Lettres de la République Française (1996), Médaille Vermeil de la Ville de París (2012), elegida personalidad honorífica de dos ciudades norteamericanas: Lawrence, Huntington

Park; posee tres llaves de la Ciudad de Miami. Condecoración La Rosa Blanca, Los Ángeles, EEUU (2000). Premio Emilia Bernal al conjunto de su obra (2008). Premio Asopazco por los DDHH (España, 2015). Premio Alegría de Vivir, Barcelona (2019), Premio de Honor Excelencia Educativa a la Mejor Escritora Hispana (España, 2021). Premio «Carlos Victoria», Editorial El Ateje, Miami 2022.

Vicedirectora y Redactora en Jefe de la Revista Cine Cubano. Fundadora y Directora General de *Ars Atelier City Magazine*, de Zoé Valdés Blog, de Zoé en el *Metro*, en *El Economista España*, de ZoePost.com (medio digital, también impreso). Fundadora del Movimiento Republicano Libertario Martiano (MRLM): movimientomartiano.com

CONCLUYÓ LA EDICIÓN DE ESTE LIBRO, A CARGO DE BERENICE, EL 25 DE SEPTIEMBRE DE 2023. TAL DÍA DE 1980 FALLECE JOHN BONHAM, MÚSICO BRITÁNICO QUE FUE MIEMBRO DEL GRUPO LED ZEPPELIN Y CONSIDERADO UNO DE LOS MEJORES BATERISTAS DE ROCK DE LA HISTORIA.